MISHIMA YUKIO

三島由纪夫

作品系列

女神

译者＝陈德文

MISHIMA YUKIO

三島由纪夫

上海译文出版社

目录

女神

第一章

“又到打阳伞的季节了。”朝子说。

“给你买一把吧，最好是法国式样，长柄的，那才最适合朝子你。嘿，戴墨镜的女子走过去了，那种人简直叫人受不了。朝子可不要戴墨镜啊！”

“爸爸也讨厌墨镜吗？”

“那是对自己的眼睛没有自信的女人戴的。一双漂亮的眼睛被遮盖了，还要故意显示出一副风骚气来，有什么好看呢？”

父女二人走进阳伞店。不论买什么东西，父亲周伍总比朝子本人还要花更多的时间帮着挑选。到头来，朝子反而成了照顾的对象，于是她感到怎么都可以，最后什么兴趣也没有了。

“这种洋装，还是配上更粗一些的条纹为好。”

店员也感到气馁，随后抱出十多把伞来。周伍让独生女儿站到镜子前面，先叫她把伞合拢夹在胳肢窝里，接着又叫她张开伞罩在头上，变换着各种姿势。

“这里看不见阳光透过条纹将影子印在脸上的效果，朝子，还是到外头试试吧。”

“我不，那太难为情啦。”

朝子眯缝着眼睛望着阳伞店外大街上西斜的太阳。那是五月中旬夏季强烈的日光，但已经快要落山，对面大楼早已裹在寒森森的夕晖之中，橱窗内也昏暗下来。

朝子已经习惯为人所注目，但习惯不等于毫不在乎。电车上，剧场内，餐厅里等所有场合，朝子都会引起人们的注目。人盯人这种事儿本来就非同小可，少女时代一点没觉察，等长大了，这才慢慢体会出《圣经》上所说的“凡看见妇女就动淫念的，这人心里已经与她犯奸淫了”这句话的意思是多么可怕。她那副洁净无垢的身体，仿佛感觉到被眼睛的毒焰吞噬般的恐惧。

美国有这样一幅漫画，画着一位衣饰华丽的美人在街上走。一对中年夫妇站住看着她。夫人眼里走动的只是美人的服装；而丈夫眼里只看到美人行走的裸体。

朝子尚未感受得如此深刻。每当被人盯着的时候，大体上有这种感觉的，都属于色情狂之类。尽管如此，凭着朝子的感觉，凡是看着自己的男人的眼睛，必然含有一种特定的意味。实际上，那些可怜的男人们，有的只要向交肩而过的朝子的面孔瞥上一眼，他将一整天都沉浸在幸福之中。朝子的脸上虽然绝不会有轻浮、淫荡和引诱人想入非非的魅力，但也不是那种凛乎难犯、拒人于千里之外的冷峻的美貌。她那明朗、快乐而富于女人味儿的美艳之中，潜隐着平易近人的亲和力。

出了阳伞店，太阳已经完全落了，用不着打伞了。

“哎呀，肚子饿坏了，吃饭去！”

周伍说。实际上，这位父亲十分亲切，又十分专制，真不知这两种性格是如何共处于一身的。他根本不问一声女儿肚子饿不饿，只要自己饿了，就立即决定去就餐。不过，他对这种决定，不是用专制和独断的语调说出，而是带着优雅的老绅士般的微笑，用非常亲切和充满关怀的口吻加以表达，使得朝子不能不服从。

傍晚时分的银座，尽管受经济紧缩政策的影响而显得萧条，但大街上还是挤满了初夏轻装的人们。虽然其中真正购物的人很少，但对于前来享受散步乐趣的人来说，人行道过于狭窄，稍稍跨进横巷，道路立即变得坑坑洼洼，本来就很逼仄的路面上，堆满了修路用的砂石。

周伍每走在这样的道路上，总是骂不绝口。

“真该让东京都的官员们去尝尝巴黎香榭丽舍大街的灰尘。这叫什么路，简直不是人走的！”

周伍是个真正的文明批评家，每到这种时候，他说话总是带着激昂慷慨的口气。大体上说，周伍的时髦态度，并非像战后有些人只是为了装门面。战前，他经历了十年的海外生活，回到日本，建造了一座不用一张榻榻米、穿着鞋子直接进出的洋房，在那里一直住到战争末期。那座房子被战火焚毁，不久又在田园调布[①]购买了一套战后未遭毁坏的日本式房屋，在那里住了下来。全家人要想回到纯西洋式生活，那就只有夏天到轻井泽别墅避暑的日子了。

战前，周伍历任某财阀贸易公司海外分公司经理，回到国内

① 东京都大田区地名。

后，又担当这个财阀轻金属部门的重任。战后有几年失业，后又重返同旧财阀有缘的一家公司任专务董事。他的生活虽然依旧繁忙，但习惯上每周必有一次，带着女儿到大街上散步。逢到这一天，朝子在父亲下班的时刻，便前往日比谷某大厦五楼的办公室迎接。

周伍推开餐厅大玻璃门，他即使对女儿也是待之以淑女的礼仪，先让女儿进去，自己跟在后头。这比当时青年人的做派更自然，一点也不奇怪。若是轻狂的人看了，就会从朝子的美貌上乱猜一气，或许误认为这对父女是老绅士和年轻侍妾的关系。

把伞寄存在衣帽间，周伍轻轻揽着女儿的肩膀，一起走进酒吧。

朝子其实不太喜欢饮酒，因为陪父亲，饭前总要喝一点儿开胃酒。周伍绝对禁止女儿喝美国进口的可口可乐和橘子水。

酒吧里客人闲散，无所事事的吧台侍者，透过无数酒瓶子之间的空隙，对着壁镜整理黑色蝴蝶结。服务生过来点单。

“我要马丁尼，朝子你呢？”

周伍满脸温和地转向朝子。

“我吗？杜宝内。”

服务生退去后，周伍望望女儿，给了个表示“及格”的微笑。

朝子认为女人喝的酒首先应选适合女人的历久酒、葡萄酒、柑桂酒和偏甜的鸡尾酒，其次必须同当天穿的洋装的颜色相符合。这些都是父亲严格教给她的。今天，朝子穿一身淡葡萄紫的洋装和同色的皮鞋，因而她按父亲的教导，点了葡萄酒。

酒上来了，父女俩相视而笑，轻轻碰了碰杯。

一旦在餐桌前坐定，还有点菜这一重大环节。朝子能看懂所有法语菜单，从小就大致学会了吃西餐的那套礼仪做法，丝毫不会出什么差错。但有关菜肴的色调和巧妙的配搭，则是同父亲一起到餐厅用餐后逐渐掌握的。

父亲一套法国作风，总是左手拿面包，右手执刀叉。桌面的谈话快活而幽默。他的幽默格调高雅，是那种绝不伤害对方的幽默。周伍要特别教会女儿这套本领，以便为将来担任大型晚餐会的女主人做准备。

“即使去了外国，”周伍说，“作为一个日本人，也应该熟知日本的事情。”

“所以我还要陪您看能乐[①]嘛。”

“星期天水道桥上演的《猩猩》，广告上用小字注着宝生流‘七人猩猩’，看样子猩猩有七位演员。这么说，作为道具的酒一斗二斗恐怕都不够。不过，跳‘乱舞[②]’的只有主角一人，其余的猩猩都不会出场。看来，这种解释可以成立。”

周伍很敏感，自己滔滔不绝的当儿，老实的女儿乍看之下是在注意倾听，那正是自己教导女儿的“社交界放之四海皆准的表情”。实际上她有些心不在焉，表情里含着些微的悒郁。

“这孩子没有听我说话。”

他思忖着，但依旧继续说下去。女儿表情的背后，隐含着自己别的感情。他对女儿完全掌握这门技术，既感到自豪，又有几分欣慰。

---

① 运用能面（假面具）表演的古典歌舞剧。下文的“宝生流”为其重要流派之一。

② 能乐剧中运用鼓笛伴奏、动作激烈而富于缓急变化的舞蹈，以《猩猩》和《鹭》为代表。

然而，父亲谈话完了之后，朝子也没有立即从别处回过神儿来。

“你怎么啦？”

“哎呀……没什么。”

“你有事瞒着爸爸。”

此时，服务生过来收盘子，五六个爱吵闹的男女顾客嘻嘻哈哈拥进来，两人的交谈随之被打断，只好盯着容易倾倒的细颈银瓶里的两枝红白石竹花。

于是，刚才还是其乐融融的餐桌，像蒙上阴影，一下子冷清起来。

周伍极不情愿地从自我幻想中醒悟过来，他露出一副很不耐烦的神情，半白的眉毛紧蹙着。他很清楚，自己一旦像孩子般任性而为，就连本人也无法收场。

“你在想什么？”

“哦，没什么。”

“可不能瞒着爸爸啊，不管什么事，说出来听听。”

周伍在实行自我专制的时候，与此成正比，他总是带着一副亲切柔和的表情。

“来，说说看。”

朝子被逼问着，低下头，小声而急速地说道：

“……我在想妈妈的事……”

“唉……”

周伍把叉子搁在盘子里，叹了口气。

“朝子，不是说好了跟爸爸在一起玩的时候，不谈这件事的吗？”

“是的，可我——”朝子依旧不肯放下刀叉，极力装出自然的样子，继续切着肉片。实际上，她感到自己的手指僵硬起来，硬着头皮说下去。

“……朝子和爸爸两人在一起时，玩得很高兴。可是，总觉得幸福的底层藏着不幸，是靠不幸支撑着的，动辄总会想起妈妈来。虽然和朋友外出时，可以暂时抛开这些……”

“唔——”周伍似乎醒了酒，显出一副茫然、黯淡的神色，“关于这个，朝子的心情我也明白。不过，爸爸不是冷酷无情的人，妈妈也未必像眼见的那般可怜。她一步也不离开家，谁也不愿见面，有一半是她喜欢这样。当然喽，爸爸没有主动邀请她出来，这是爸爸的错，但我知道，即使请她她也不会出来的。这么静静待在家中反而好，说不定这才是妈妈最大的幸福。”

“可是，”朝子稍稍获得了勇气，极力快活地说，“……爸爸，还是主动邀请一次试试看，怎么样？”

“唔。……不过我说，朝子，比你想象的要困难得多啊！”

木宫周伍的夫人依子，夸张一点儿说，实在是个令人感叹造化之妙的美人。周伍时时呵护着夫人，长久的国外生活，这对恩爱夫妻既是公司的骄傲，夸张点说也是日本人的骄傲。依子体型优美，一般日本女人无法上身的夜宴礼服，穿在她身上比任何法国女人都显得都雅。毕竟日本女子中适合佩戴宝石的人太少了。太多数宝石仅适合于大理石等白色矿物质般的皮肤，对于浅黄肌肤的日本人，闪光的宝石装饰好似油与水的关系。然而对于依子来说，宝石非常适合于她。依子丰满的胸脯和双肩，即便穿上正式的晚礼服，也一点儿不觉得反常。这对夫妇去陌生的高级餐馆用餐，时常被误认为是中东地方的国王和王妃，即便不够那个级别，也会被看作是王公贵族及其妃子殿下。

依子也清楚地知道自己的美貌，但其中的一半或一大半是丈夫周伍教给她的。周伍关于女性美的研究具有一种偏执的热情。他让妻子只使用自己最喜欢的那种香型的香水，事实上，随着使用这样的香水，那种香味不知不觉间就带有象征依子存在的意味。有一次，依子搽了别人送的香水正要去参加夜宴，周伍猝然将鼻子凑近她的香肩一闻，勃然大怒，连忙将妻子拖进浴室，亲手往妻子身上擦肥皂，使劲儿冲洗她的全身。依子一开始误以为他在吃醋，表白自己被冤枉了。原来这香水是大使夫人送她的。然而周伍这种暴行并非吃醋，而是因为他的理想遭到破坏而震怒。自那以后，依子再也不用别的香水了。

周伍经常爱抚依子的足心和趾甲。周伍这种示爱的方法即使为人所知晓，大凡见过依子美貌的人，都不会感到奇怪。周伍对于妇女的服饰持有一家之言，较之那些随便购买很多衣服的女友们，依子不知打何时起更尊重丈夫的意见。即使在妻子征求他散步穿何种衣服时，他也在充分考虑到早晨树木的颜色和黄昏树木的颜色后，表明自己的意见。周伍认为女性的服饰应当同天空、大海、晚霞的颜色，以及朝云的浓淡、池水的映照、树木、建筑物、房屋的色调，还有当日所有的时间、光线、集会的气氛等一切方面，都要保持协调一致，相映生辉。同样是晚礼服，出入歌剧院和喜剧院，会有很大差别。至于应邀出席家宴，因主人家中的摆设不同，有的衣着特别显眼，有的衣着寻常一般。

此外，周伍偕同妻子参加晚宴之后，总是对妻子的举止应对等品头论足。抽烟的样子、拿酒杯的方法，还有应邀跳舞时的态度、扇扇子的姿势等等，这个这样做为好，那个那样做更美，事无巨细，都要具体给予指教。有时，临睡前他看到依子身披睡衣，随意躺在床上的姿态，周伍也会发出惊叹，对她那自然而优美的体态赞不绝口。依子不是女演员，开始时对这位导演的指手画脚十分反感，到头来她明白了周伍说得在理，不管多么絮絮叨叨的批评，她都乖乖地接受。何况，女人绝不会对人家说自己很美表示反感。

实际上，美或许只有凭借崇拜和信仰才能达到。周伍如此崇拜的结果，是让依子自身也觉得自己是个无与伦比的美人儿。这种信念，为世间认为她是“绝代佳人”提供了一条捷径。依子的美艳渐渐具有一种威严和风仪，就连外国女人见了，也不得不自惭形秽。

依子只有一点不满足，她想要个孩子。这个普通的愿望每次对丈夫提起，总是受到他的嘲笑。尽管他们夫妇想要孩子随时都可以生，但周伍无论如何都不赞成她生孩子。他说，早怀孩子会破坏身体的曲线美。

“像你这样的女人，不应该抱有这种常人的想法。”周伍说，“郎才女貌，神佛所赐，万不可随意违反。天才这玩意儿，不是自己想有就有的，天生的宿命早已决定，必须舍弃一切尘世的俗念。美人同样是个不自由的存在。自己要为自己的美丽奉献终生，美之外的东西都必须付诸牺牲。若持有俗念，就只能认为是恶魔的诱惑。希望生孩子这种想法，正是妒忌美的恶魔在你耳边的灌输。”

话虽如此，依子将近三十岁时，感到比起孩子，年龄才是更可怕的敌人，丈夫为何没有想到这一点呢？她为此很苦恼。过了三十岁，她的心情仿佛被推上了断头台。

不过，最最深切感到这一点的其实是周伍。对于女人皮肤凋萎之快，他只能闭着眼睛忍耐。但是依子的美，大半是他一手造成的，面对这种凋萎，他只得一点一点地加以阻止。这是他的责任，周伍对此了然于心。面对即将到来的年龄，他为了妻子，在一切美容术、保健操和肌肤营养食物的摄取上操碎了心。

木宫夫妇回到日本，当时夫人三十五岁。在日本的环境中，依子终于说服丈夫，生下久已盼望的孩子，这就是朝子。

丈夫对于生孩子的态度，使依子首次感到自己的丈夫是个很难对付的怪物。

周伍一点儿也不寻常。对初生的孩子丝毫不关心。他一个劲儿说婴儿貌丑，气得依子哭个不停。周伍倒也不是嫌自己的孩子丑，一般地说，大凡婴儿的小脸儿，看起来总是怪怪的。

照周伍看来，女人从妻子转化为一个母亲，这是可怕的堕落。对于造成这一结果的婴儿，这个古怪的父亲抱着一种憎恶。

但是，另一个奇妙的事态发生了。如果说基于这个原因，依子认识到自己所处的位置，夫妻关系逐渐变冷，那倒是可以理解的。不过，孩子出生后过了段时间，依子又受到丈夫的熏染，对于自己体型这个大问题，比从前更加执拗地在意起来。

依子的母性意识或许本来就很淡薄，她放手把朝子交给乳母、女佣和家庭教师，再度沉迷于社交生活之中。生下孩子后体型大体未变，依子放心了，她开始意识到，自己依旧青春未逝。此种自信一直保持到四十五岁，也就是战争结束的那一年。

战争期间，依子的特立独行令人瞩目。她一直穿洋装，而且是华美的洋装，因而成了“奢侈是敌人”运动的注意目标。她多次被常在街头找麻烦的中年婆子盯住，送她“反对奢侈”的牌子。有一次，依子被递过牌子之后发话道：

“我要是不穿得时髦些，日本会是什么样子了？正因为是战时，更加有必要在餐桌上摆放鲜花。都像你这般脏兮兮的丑婆子，那日本就完啦！”

攀着衣带的中年婆子连忙双手捂脸，呜呜大哭起来。

木宫家一向不急于疏散。周伍因公司工作始终留在东京，依子和女儿朝子临时去轻井泽别墅。但因粮食不足和生活无趣，她又带着女儿回到东京。沾公司的光，东京家里有丰富的黑市粮食供应。

五月二十五日的一场空袭，木宫家被焚毁了。

依子收拾各种东西准备疏散，其中唯有在巴黎买的衣裳和香水，当时明明知道无用，也舍不得丢，装进小箱子里，睡觉也搁在枕边。遇到紧急状况，随时拎着逃走。

空袭警报响了，一家三口和女佣一起躲进庭院里的防空壕。

十岁的朝子这时也没有依偎着母亲，而是抓住女佣不住颤抖。待在宏伟的防空壕内的木宫夫妇，风姿非同一般。周伍睡衣外面套着丝绸长袍，依子也急忙整理衣着，细腿裤外穿上罩衫，上面再披一件毛皮短外套。她就着防空壕里的灯光，打开粉饼盒，悠然地为睡醒的面部补妆。

身边落下炸弹，一声轰响，洞内的电灯熄灭了。

“今晚似乎落得很近。”

周伍说。依子没有应声。

这时，透过洞口的间隙，猝然看到了火光。

周伍走到洞口，将洞门打开一条细缝，只见自家洋房的所有窗户都在向外喷火。这时，一阵气浪压过来，周伍顺势被冲倒在防空壕内。朝子大哭起来。

“不好，是炸弹！”

全家人抱在一起，度过几个不安的时辰。飞机似乎飞远了。或许是自我感觉，一股热气涌来，洞内顿时像个蒸笼。

“看样子，还是逃难为好，这里的灼热简直受不了。”

周伍打开洞门走到外头。房子变成一片熊熊燃烧的火海，脸孔被熏得灼热，无法直视。

“朝子，快，快！”

四个人来到洞外，经过宽阔的庭院向大门口跑去。这当儿，依子惊叫一声。

“啊，巴黎买的衣裳！”

周伍想拦住她，来不及了。依子跑回去，跳进洞内，拎起箱子往外闯。此刻，一根横梁似的东西裹着一团烈火，向依子头上砸来。

“啊！”

周伍喊道。依子避开身子，但火焰还是扫过她的面颊掉落在地上。依子依然不肯放开箱子，向着三人等待的大门口奔跑。她的毛皮外套燃着了，周伍和女佣慌忙为她掸灭。

——一块难看的烫伤从此烙在了依子半个脸庞上。

从那以后，依子谁也不见，一直闷在家里。

第二章

依子漂亮的面孔上留下了丑陋的火烧的疤痕。数月之后，战争结束了。

那一两年，某个夫人美好的容颜被火烧伤之类的事，算不上什么悲剧。人们都在忙着重建生活，周伍也不例外。

周伍赋闲后，不得不待在家里。他环视周围，心中甚为惊恐。那是一个难以形容的阴暗的家庭，自己倾其一生创建的家竟然如此阴冷难耐。

依子闷在家里，脸上消失了笑容，眼睛满含怨恨地追索着周伍的面影。将自己打扮为女神般美的化身的，正是这位丈夫，向她灌输“女人不美，一文不值”这一侮辱性哲学的也是这位丈夫。如今，她不但不美，而且丑得令人害怕。她已经无法活在他的希望里，只能活在全然失去自我价值的绝望之中。这种现状，与其说是空袭造成的，毋宁说是受丈夫冷酷无情的哲学的影响。可以说，自己已陷入丈夫残忍的圈套之中。

依子放弃了早晨揽镜自照的习惯。她不搽胭脂，不施粉黛，就连世人常用的香水也舍去了。衣服也专拣朴素的穿。烧伤那年是四十五岁，其后的两三年间，仿佛老了十五六岁。不过，四十五岁那年看起来顶多只有三十四五岁的她，打扮上感觉一下子比实际年龄老了许多，说她看老十五六岁也是毫不奇怪的。

这种天才的恶作剧很有效果。依子现在夸大自己的丑陋，企图向丈夫复仇。她要极力让周伍明白，他所抱的幻想纯粹是一场虚妄。依子自年轻时起，就对为所欲为的丈夫窥视她晨起的睡颜极为反感。依子有个习惯，她总是比丈夫先醒，施以淡妆后，再在丈夫身边躺一会儿。因此，依子从年近半百的现在开始直到死，她都要将这张瘢痕扭结的可怖的睡颜，让丈夫从早到晚看个够！

她要用整个身子告诉他：

“请看吧！你眼里的美女的素颜就是这副模样儿啊。你用白粉、胭脂、宝石和丽衣打扮我，你在欺骗你自己的眼睛。这身肌肤，这副干裂的嘴唇，就隐藏在那位美人的外表之下啊。仔细瞧瞧吧，你绝不可能从这种现实中逃脱出去！”

一般的男人，又多少有点钱，碰到这种情况，立马就会出去寻欢作乐吧。然而，依子相信丈夫不是那种男子，所以她才会敢于复仇。事实证明，她的估计是对的。

周伍一生中真正爱的只有自己的妻子。既是忠实的爱，也是疯狂的爱。他没有任何拈花惹草的绯闻。这位非比寻常的理想主义者，即使遭逢如此严重的幻灭，至今依然不会屈节。

他对女性美的爱，犹如哲学家对哲学、科学家对科学，是一种彻底的爱。他没有向各类女子猎取多种美色的余地。这是一项为自己的观念而改变现实、须要长年累月锲而不舍的工作。没想到，现实被一夜推翻。这一夜使得绝世美人的容颜变成一张瘢痕扭结的丑脸。

丈夫比妻子更加深感绝望。大体说来，丈夫对于“老年”这个敌人比妻子更重视，一直为妻子而战斗。至于那些小小的皱纹、皮肤的衰退，以及肌肉的松弛等无法抗拒的变化，这位始终抱着昔日幻想的丈夫，并没有十分在意。既然一起生活，就要习惯于衰老，不必对此大惊小怪，所谓天人也有五衰。就是说，天人临终时，身光不现，华鬘衰微，两腋流汗，身体臭秽，坐相不整……然而，无情大火一夜之间，便在天人的容颜上施加了可怕的“五衰”，这“五衰”能毁掉周伍的一切幻想。

战争结束数年之后的某一天，周伍在客厅里会客。那是梅雨时节的午后。客人谈到无业状态总有一天会解除，再次回到战前企业家的天下。这倒是个令人鼓舞的话题。周伍不置可否地听着。接着，客人又提及几天前太宰治[①]情死的事。

“大凡文士，总是放荡不轨啊。”客人说，“他既有妻子，又和别的女人一道寻死。”

“想必那位妻子太叫他难以忍受了吧。”周伍说。

“可是太宰治说他很爱他的妻子，真不知他是怎么想的。”

“哦，他也爱妻子吗？”

周伍的脸上满带着兴趣，既然爱妻子怎么还会发生那样的悲剧？这引起了他的好奇。客人深知周伍是个正正派派的模范丈夫，而且妻子被烈火灼伤，他决不会让妻子出来见客。因此他想，草草

① 太宰治（1909—1948），日本无赖派文学代表作家。作品有《斜阳》《人间失格》等。

结束这场谈话，才不失为上策。再说，周伍也不是对日本现代文学感兴趣的人。

客人望着庭院。雨一时住了，浓绿的树林依然不停地落下水滴。田园调布的环境，也还算远离都市中心的噪音。院里的树木含隐着连日的雨气，那团团濡湿的沉重的叶丛，互相挨挤着身子低垂着。整个庭院显得厚重而又润泽。通往门口的脚踏石也被厚厚的青苔包围，黑黝黝、湿漉漉，犹如动物的脊背。

这时，响起了脚踏石面走来的脚步声，嘴里低语似的哼着还不熟练的歌曲。朝子穿着女学生服，从紫阳花浓荫后面露出了脸蛋儿。这位少女刚刚进入女校，那张还不大像女学生的充满稚气的面孔，仿佛经雨水洗涤一般白净，从紫阳花丛中向这边窥视。

周伍蓦地往那里瞧了一眼，他看到青春年华的依子的面影。

"是朝子啊，快过来！"

周伍难得地招呼着女儿。

"来客了？"

一向对这位严冷的父亲怀着敬畏之心的女儿，随即有些打怵。

"没关系，快过来，有点心吃。"

少女沿着脚踏石，甩动着放学后的书包，朝客厅方向跑来。

此时，周伍无端地产生出一股新的热情。

以往，周伍从女儿的脸上只看到一个孩子的模样儿。实际上，十三岁的朝子依然是个孩子。她聪明伶俐，成绩优秀，是个明朗活泼的少女。由于父母奇妙的对立所造成的家庭中阴郁的氛围，并没有使她气馁，或许正因为如此，朝子故意使自己幼小的心灵充满快乐。

从幼年时代起，自己不被疼爱的意识不会不留存在朝子的心里。她至少觉察到自己是个不受欢迎的孩子。朝子孤零零地被保姆一手养大。战争可怕的记忆，将这种孤独的影像从她的回想中抹去了。她开始记事儿是在同美国开战的时候。所幸，一次次的提灯游行和手持小彩旗游行，那般兴奋劲儿夺去了这位少女个人的记忆。她虽然生下来受到冷落，孤单单长大成人，但每当想起儿时的情景、战争的兴奋、人数众多的游行、新闻，还有空袭的恐怖、有趣的防空演习以及避难训练等等，就发觉从未往深处多想过自己的悲剧。

朝子心里没有暗影。

对谁都没有太多的情爱，只顾着一个人快活，不给别人添麻烦，也不为自己的事发愁，可以说通体明净。为何会生下这么个乖巧伶俐的女儿呢？周伍夫妇也不明白个中缘由。朝子真是个叫人省心的孩子。

紫阳花荫里闪出一个小女生的脸，这时，周伍蓦然产生一种从来未曾幻想过的新的希望。

“把这孩子培养成第二个依子，尽我一生余力使她成为理想的女性。”

他思忖着。

这么一想，朝子美丽的面孔在父亲眼中渐渐明晰起来。那稚嫩的脸型虽然有点儿模糊，但眉眼和鼻官却隐含着稀世之美的萌芽。女性的甘泉自内里涌出，一经这泉水洗涤，以往美丽的小脸儿或许会变成丑女的面颜；相反，本来不太漂亮的孩子，也可能一变而为绝世美少女。朝子看来属于后者。

那没有任何忧虑的眼眸，若是带上一点娇媚、一抹忧愁，将比若有所思的眸子散射出更加妖艳的光芒。口唇也有不会走样的优美的线条。至于那秀雅的鼻官、细腻的肌理，更加衬托出天生丽质。

客人走后，周伍叫女儿过来坐在客人空下的椅子上。

从未受过这种待遇的朝子，显得很不自在，她接连吃了两块蛋糕，裙子上落满了蛋糕碎屑。

“今天上的什么课？”

父亲问。

“听写，dictation，朝子得了八十分，不错吧？”

“不错。”父亲漫然答道。他一直打量着女儿的面颜。

“……听我说，朝子。”

“什么事？”

“不要弄撒了蛋糕屑啊。这样吧，从今起，我要尽力照顾好朝子。以前爸爸忙，一点没管家里的事。自从失业后，才着眼于家中。过去爸爸没有怎么管朝子，实在对不住你。”

朝子面对面受到父亲的道歉，实在有些不好意思，她笑了笑。

“失业还会继续下去，这期间，爸爸将一心扑在朝子身上。好吗？今后，爸爸要做个真正的父亲，做个模范的父亲。朝子要什么爸爸给你买什么。不要客气，尽管说。”

“哎呀，朝子从来不客气。”

“那就好。不过，口气大一点，不要满足于小打小敲。购物和学习都一样。只要朝子喜欢，不论什么爸爸都答应。不过你要听爸爸的话。爸爸要把朝子培养成日本首屈一指的美人。”

“美人？什么美人，太可笑了。”

“有什么可笑的，朝子就是美人嘛。”

“哎呀，谁也不会把朝子当作美人啊。”

“爸爸会的。没错。”

实际上，论其才能，比起教育家来，周伍更像一位老练的马戏团团长。他的才能一如驯服猛兽、教海狮表演特技。

使女人美起来的最大秘诀，周伍早已从依子身上了解得一清二楚。那就是每时每刻都要对女人说“你是美人”，通过慢性催眠术的暗示疗法，使她相信“我很美”。只要从幼小时做起，肯定会成功。

周伍不断给与朝子“你很美”的暗示。孩子气的朝子总是很高兴，时时对着镜子照来照去。她想看看自己是否真的很美。于是，父亲的话起了作用，不知不觉之间，她自己也不由惊叹于自己的美丽了。

女儿突然变得时髦起来。父亲给买了不像是孩子用的高级手帕，诸如此类，她都带到学校里去。这苗头很快就被不幸的母亲察觉了。

一天临上学前，母亲瞥见朝子对着三面镜照个没完，立刻燃起一股无名的妒火，对着女儿斥骂一番。

“怎么了？一个女孩儿家，何必对着镜子照得那么仔细？”

“哦，朝子我想做个美人儿。”

依子黯然神伤地盯住朝子思索着什么。

“不行，朝子不能成为美人！”

说到这儿，她猛地想起什么，用尖利的口气问道：“什么人，给你出的这么个无聊的主意？”

“是我自己。”

“你撒谎，快说，是谁？”

朝子哭丧着脸，抓起书包向大门口跑去，接着撂下一句：

“是爸爸！”

依子送走女儿，便朝着坐在晨光里读报的父亲的房间走去。依子默默在他身边坐下，周伍抬起眼睛一看，夏季的朝阳烈火般照在她脸上，使得那块伤疤辉耀出可怖的牡丹紫的红光。

“你向朝子灌输那些坏主意，是想让她步我后尘吗？”

周伍默然不语。

“我懂了。你甚至想把朝子培养成一个畸形儿，你的魔掌终于伸到了朝子身上。”

“你瞎说什么呀。”

周伍沉静地应着。

“不，向女人心里灌蜜、灌毒是你的拿手好戏。”

“我给朝子灌输什么啦？”

“别装糊涂，你打算像旋木偶一样将朝子硬刻成个美人儿，对吗？结果怎么样呢？我就是她的榜样。托你的福，人一过三十，我连一天舒心的日子也没过上。自从弄成这副面容，可以安安稳稳地生活了，不必再和人争强斗胜，也不必担心能否比得过那些年轻的姑娘们了。我终于过上自己的日子了，可我不想让朝子走我的老路。”

周伍满含讥讽地打断妻子的话：

“你这是嫉妒。你想象着未来青春靓丽的朝子，就妒火中烧。除你之外，我所创造的理想的女性即使是亲生女儿，你也是满怀醋意。我真搞不明白，你嘴上说终于过上自己的日子，可客人来了，你却躲着不见，你是害怕人家看到自己的生活，不是吗？”

“你好残酷、好可怕啊！你一点感情都没有，真是个冰一般的人。你竟然嘲笑自己妻子的面孔，嘲笑这张可怕的脸。”

“不要再提脸的事。”

“不提？你太自私啦，我倒想整天挂在嘴上。”

“那就随你的便好了。不过，我还是后悔当时没有将灵魂灌入你的躯体。至于朝子，我不仅要赋予她一副姣美的容颜，还要对她施行完整的教育，使她成为一位灵魂最高尚的美女！这是我的爱好，更是我的天职，请你住嘴！”

“好可怕的天职。”

“没什么好怕的，我只为朝子的幸福着想。”

“我幸福过吗？”

依子死死盯着周伍，不一会儿，他急忙丢下报纸站起身走了。依子依然继续望着丈夫坐过的空间。午前的太阳明晃晃照满庭院，蝉声如潮。

朝子顺利成长。父亲的教育严格而温柔，可以说无微不至。

朝子跟父亲学习法语，通过听音乐会和唱片训练耳朵的乐感。她很早就着手练习弹钢琴了，但所有练习曲都得获得父亲允许，只能选那些极为优雅的钢琴曲。读书也只能读父亲挑选出的书目，远离那些怪诞的现代小说。不论能否领悟，都必须让孩子从小就阅读古典文学。朝子不久便读了《更级日记》[①]和《克莱芙王妃》[②]。为避免只有头脑发达的男人气，父亲极力让女儿摆脱对政治和经济的关心。父亲还教她学习茶道和古风的花道，至于长歌[③]和日本舞，朝子不喜欢那种卑俗的词句，因而也就罢了。周伍也经常带女儿观赏歌舞伎和能乐剧，目中所视、耳中所闻都一概细细讲给她听。朝子在学校里学了几个流行词回家说给父亲听，周伍就一一加以批评和匡正。美术鉴赏忽略了。为什么呢？因为周伍觉得女儿本身就是一件完美的美术品，这样一位女性再去鉴赏别的美术品，那简直是不可思议。首先，按照周伍的信念，女人不可能纯粹客观地审美，也就不适合做美术的守护人。比如，美丽的女性，只要承认庚斯博罗[④]那种皇家科学院的明快的美，也就足够了。如果再对毕加索的《格尔尼卡》[⑤]大加赞扬，那么魅力也就减损一半。

女性对于美的感受只能是凡庸。如果认为火车头也美，那她就没救了。女人还必须有一定的畏惧，蛇、毛虫、晕船、鬼怪故事，对这些东西应该打心底里感到害怕。对于夕阳、紫堇花、风铃和美丽的小鸟等这些凡庸的美，必须抱有永无餍足的兴趣。这些都能使女性具有真正的魅力。周伍考虑到，学会茶室、茶庭以

---

① 日本平安时代中期写就的回忆录，作者是菅原孝标的女儿。

② 法国作家拉法耶特夫人（Madame de La Fayette, 1634—1693）的小说，是细致心理分析的秀作。

③ 江户初期，流行于上方（京都地区）的长篇三味线歌曲。

④ Thomas Gainsborough（1727—1788），英国画家。他的作品强调光色清新、富有诗趣的风格。作品有《蓝衣少年》《西斯顿夫人像》和《清晨漫步》等。

⑤ 毕加索的《格尔尼卡》具有抗议德意法西斯侵略西班牙的政治意义。

及能和歌舞伎这套教养，将来同外国人接触也不至于畏缩不前。

基于此，周伍提醒女儿不可过多阅读小说，不能成为一个耽于小说空想境界的女子。因为一个具有浪漫幻想感情的女子，决不会满足于现实的幸福，弄不好会一生都在享受自身的不幸。

为了让映现在她眼里的现实可以永葆魅力，周伍鼓励女儿参加体育训练。父亲为她选择了网球、游泳、排球等轻型运动，尽是些使体型健美、精神焕发的项目。但又告诫她决不可过分热衷于网球，以免右手臂长于左手臂。总之，无论如何不要做运动员。在周伍眼中，那些奥林匹克的女选手们，怎么看都只能是奇怪的存在。

关于女性美，近来人们大肆谈论所谓个性美，周伍并不以为然。不是说只有偶人的美才是美，但个性美实在令人生厌。最重要的是优雅。女人的个性一旦酿造出优雅，大致便成尤物。应该禁止一技之长。因为美这种东西，本来就建立于微妙的均衡之上。

最让周伍费尽苦心的是想赋予朝子一种难以形容的气质：三言两语后飘然离去，但女人味儿犹如香水萦绕，经久不散。“不要喋喋不休。”他经常告诫女儿，“不要好为人师，多言最能毁灭幻想。”

在周伍如此奇特的教育下，朝子迅速成长，越来越美。其间，周伍度过了失业期，每天照旧繁忙起来。尽管如此，可以毫不夸张地说，周伍将自己所有剩余时间，全都用在女儿身上了。

依子也忘却嫉妒，注意起女儿的前程来了。她透过闭锁的女尼般的生活的底层，模仿着丈夫，将自己的梦想寄托于女儿的未来。

总之，一家三口，相互谅解，彼此迁就着共度日月。

…………

周伍和朝子的餐桌上，上来一道甜点——栗子奶油蛋糕。

刚才由于朝子搬出母亲的话题，父女俩的谈话中断了。

身穿白色工作服的侍者，肃然穿行于餐桌之间。手推车上一只大型冰雕天鹅，背上满盛着沙拉，走向别的餐桌。

朝子望着父亲那张毫无表情的脸，觉得有些奇怪。由于父亲过于亲切而又专断，这反而使她的一种自卫本能开始运作，获得遥望父亲的能力。像她这般年龄的女孩儿，是很难具有这样的能力的。

“我还有件事要问爸爸……”

她一边优雅地操纵着闪闪发光的银匙，一边说道。

“什么事？”

“爸爸任我自己自由处理的事情都有哪些呢？”

“我不是说一切都可以自由吗？”

“嗯，这样的话，那就好了。”

朝子是用撒娇般的口气说出这种有些盛气凌人的话语：“比如说恋爱，怎么办？”

“你，恋爱了吗？”

周伍就像发现了女儿小偷小摸的怪癖，直瞅着她的脸孔。

“别这么紧张，放心吧，我还没恋爱。”

“可不是，能配得上我们朝子的小伙子，不是很容易就能见到的。”

“我呀，是这么想的，要是我有个老派而又顽固的父亲，他会硬塞给我一个自己所选中的女婿，我会坚决反对，专找个上不了台面的人谈恋爱；作为过去对我那番过分溺爱的报复，同一个猪狗不如的人结婚了事。”

“很平常，这种事儿可是随处可见啊。”

“不过，我的父亲可并非老派而又顽固呀。”

“我追求时髦，又过于明辨事理。”

“哎呀，那也未必。只是，爸爸一直认为没有人能配得上我，不知不觉我也就这么想了。除非我故意同爸爸作对，否则我不会喜欢上一个没出息的男人。可我没有这种想法。假如硬是为了对抗父亲而恋爱，那会怎样呢？那就只能找个同爸爸年龄相仿的恋人了。”

“别说了，不吉利。我从来没打算要把朝子不喜欢的男人硬塞给你。爸爸希望朝子爱上一个年纪相当的如意郎君，只是能配得上你的青年少而又少。那你就跟一般平凡青年多多交流去吧，夏天去轻井泽，这类人不是到处都有吗？”

“和这种人不谈什么恋爱，也可以结婚。”

“只要你不后悔。”

“当然不。毕竟至今还没遇上一个使我入迷的人。我想哪怕一生都没恋爱过一次，我也没什么可后悔的。”

“你小小年纪，说话竟是如此不逊。”

“从前有个男孩子，为了吸引我的注意，先是故意无视我的存在。他头脑机灵，从某种意义上说是一位英雄人物。然而，我对他没有任何抵触感，尽管被他撂在一旁，那又算得了什么？不过，对于一个人来说，眼前有个东西晃来晃去，却装作看不见，是多么不自然啊。”

“你怎么显得这番老成？这可不好办啊，朝子。我不管了，随你喜欢谁好了。我呀，虽说对自己的心情一时难以捉摸，不过即使是个没出息的男子，我也会把你嫁给他的。尽管我很苦，朝子，但我所给与你的东西，是其他人一辈子都无法给你的。我有这个自信，我只能以此安慰自己。”

第三章

这场谈话结束之后，美丽的女儿和父亲走出餐厅。

和暖的五月的夜晚，街上灯火辉煌，南风兜着湿气吹在身上，满眼景色，赏心悦目。

“稍微逛逛吧。”

周伍说。同朝子一道散步，他感到很高兴。

周伍既是个理想主义者，又是个对现实很胆怯的理性主义者。较之爱一个女人带来的不安，还是领着自己举世无双的漂亮女儿一道散步来得快乐。父爱之中没有肉欲，没有不安，她的美丽和优雅，不断为周伍的心里带来平和与娴静，骄傲和精神的满足。如此永无餍足的感情哪里去寻找？

朝子葡萄酒色的衣服，经夜晚街头橱窗的灯光一照，时而黯淡，时而艳红。小伙子们时时回过头来，目光投在女儿身上，乐在父亲心里。

“朝子能够夺走所有男人的心。”

周伍思忖着，越发感到自豪起来。世上的父母，大凡有个才能出众的儿子，就会感到满心自豪。而周伍心中的自豪超出他们几十倍，并且还有一种官能上的满足。他把那位屈身家中、神情黯然而丑陋的妻子的不幸，忘到九霄云外了。

父女俩正要拐过街角时，看到前边有个醉醺醺的男子，正在横穿马路。

那个人身穿灰黑色西装，像只蝙蝠摇摇摆摆出现在车道上。刹那间旁边驶来一辆汽车，周伍和女儿同时喊道：

“危险！”

“啊！”

一声刺耳的急刹车，汽车停下了。刹车声虽说是单调的机械音，但内里却夹杂着某种受了挫折般的动物的声音。

穿灰黑色西服的男子，团缩着身子倒在车道上。

周伍不想让女儿看到这幕悲惨的情景。如此美貌的女儿，不能让她看见如此惨烈、如此悲怆的场面。把健康的女儿当成一件脆弱工艺品的父亲，大概是认为女儿只要稍微碰撞一下，就会立即粉碎。

然而，朝子却违背了父亲的意愿，显得十分镇静。她抢在行人围过来之前，快步走到马路中央，将手扶在那位倒下的人的身上。周伍猛然一惊，赶紧追随过去。

刹那间，周伍心头掠过一丝不满——我从未这样教育过她啊。

附近的警察聚拢过来，看热闹的立即围成人墙。又来了几位交警疏导交通，为被人群阻挡而不住摁喇叭的汽车开道。

银座大街正逢吧女上班的时刻。虽然早已过了开门迎客的规定时间，但她们一点也不在乎。因为越是迟到越显得雍容大度。这些衣饰华丽的女人们，把手搭在陌生男子的肩膀上，探着头窥视。

“啃，好漂亮的女子。是男朋友遭车子轧了吗？真可怜。”

其实，正要扶起倒地男子的朝子，比起被车子轧的当事人，更加引起大家的注目。

朝子对着一位交警直截了当地说道：

“必须赶快将受伤者运走，如果要调查，请你们之中跟来一位，一同乘坐我家的车。”

“你和受伤者什么关系？”

“没有任何关系，只是个过路人。哎，爸爸，车子借用一下，好吗？”

周伍徘徊不定。平日冷静的专擅，到了此种紧急时刻完全派不上用场。他一向不爱管闲事，一旦牵扯进去，便千方百计力求逃脱；可是女儿却偏偏向旋涡里跳。

慑于朝子的美丽与威严，年轻警官请来几个看热闹的人，将昏迷的受伤者扶了起来。

于是，那张苍白而瘦削的脸这才暴露在街灯的光亮里。

这是个二十五六岁的青年，不过年龄很难估量准确，因为这张脸不仅仅是年轻，而且隐藏着异样的苦恼，那深陷的眼窝、过高的鼻梁和瘦削的双颊，看起来颇像个死人。

一瞥见那张脸，周伍就有一种难言的不祥预感。然而，女儿已经抢先迈开了脚步。因为父女俩让车子等在附近的柏油路面上，周伍只得随后而行。

围观的行人也陆续跟过来。那位对周伍忠贞不贰的司机不知道出了什么事，一个劲儿喊道：

“老爷！小姐！”

伤者和警官同坐乘客席，周伍和朝子坐在助手席。人群朝车窗挨过脸来，都为自己不能同乘一辆车而现出遗憾的表情。

车子开动了。

“要去哪里？”

司机怯生生地问。

“问我没用，问警官。”

周伍绷着脸回答。

青年警官有些畏惧地看着私人汽车豪华的柠檬色坐席，近乎哀求地说：

“请开往近藤医院，筑地的那家。”

父女俩小声地交谈着。

“爸爸，您生气啦？”

“谈不上什么生气，你成了了不起的南丁格尔[①]啦。”

医生诊断前，必须先经过详细检查。朝子说还会再来看他，说罢便和父亲一起回家了。

周伍一直担心，柠檬色的坐席有没有染上血迹。

“不要紧吧，朝子？没沾上血迹吧？”

“只管放心，爸爸。”

朝子语气坚决地断言，但话刚出口，这位心地善良的女儿，立即觉察到自己误解了父亲，她为此感到内疚。周伍绝不是个贪婪而吝啬的人，他是不想让自己的宝贝女儿坐在血污的坐席上面啊。朝

① Florence Nightingale（1820—1910），英国护士。克里米亚战争中，她率领众多护士救护伤病员，被称为“克里米亚的天使”。

子懂得父亲的这番心情。

车窗外面，五月的夜晚流光溢彩，大街上的木屐店、钟表店、服装店、点心铺和水果铺，一律点燃起同尺寸、同设计的霓虹灯，连绵不绝，映现出生活的景象。水果店的店头上，明丽灯火照射下的四季应时水果堆积如山，耀目争辉。

“我说朝子，你长这么大，我绝不让你尝到一点儿人世的悲苦，不光是物质上的苦楚，还极力保护你远离所有悲剧的阴影。直到今天，我只是为你谋求幸福，而绝非其他。这已经成了我的信念。可如今，我有一个不祥的预感：你的一时的冲动，会使你自己跳进他人不幸的旋涡之中。你知道吗？”

“或许吧，不过，事情似乎没有您考虑得这么严重。朝子并没有什么别的想法，一想到‘啊，危险’，就已举步前行了。那个人（说起来，我们还不知道他的名字）被车子撞倒时，不知怎的，就觉得仿佛自己被撞倒了，应当立即抢救。”

“好像是个不太健康的青年，或许是个生意人，要不就是个艺术家。”

“看来是个不幸的人，也许是被车子撞了的缘故。”

“不过在所谓事故当中，属于自杀的也有好几成呢。”

“那就是自杀未遂，医生说，他没有生命危险。”

“不过，女儿，”父亲说，他直接用“女儿”称呼朝子，多少有些郑重其事，“……女儿，你打算找时间去探望他吗？”

“嗯，是的。”

朝子天真烂漫地回答。

“你不能去。”

“啊，为什么？”

“不可那样亲密，过分深入他人的不幸，是不礼貌的行为。”

“不过，不知什么原因，朝子我还是很想看看他。”

父亲没再说什么，车子拐过晦暗的住宅小区的道路，驶往位于田园调布的家。一条大白狗趴在篱笆墙边，目送着车子。

“好大的狗。”

朝子自言自语。

前方是无人管理的铁路交叉口，红色信号灯明灭闪烁，响起了提示铃声。

“今天的事不要对妈妈说。”

“是的，我不会说的。”

周伍担心，要是依子知道了这件事的前前后后，出于对丈夫反抗的心理，她会对朝子的行为大加赞扬，反而会更加怂恿朝子前去探病。

第二天吃早餐时，周伍在餐桌边看完报，叠得整整齐齐，趁着依子不在意，故作镇静地从桌子底下传到朝子手里。朝子悄悄瞥了一眼，大吃一惊。

天才青年画家遭遇奇祸

斑鸠一被车撞不幸负伤

这是一篇大标题报道，上面还刊登了他的照片。斑鸠一是著名青年画家，就连朝子也知道这个名字。只因周伍对女性美术爱好者怀有偏见，不太赞成朝子养成欣赏绘画的习惯，所以朝子没有见过他的作品。

据报道，二十五岁的他，多年前荣获新人登龙门奖之后，年年获得权威性奖赏。如今是天鹅会深孚众望的知名画家。他性情狷介，绝不向世俗妥协，具有高蹈的作风。此次负伤，即使失去一条腿，应该说不幸中之万幸的是，手臂没有受伤，不会影响创作。

文章最后部分，尤其引起朝子的注意，其中写道：

> ……事故突发之际，路过此地的一位绅士携其漂亮的女儿，用私人轿车将斑鸠氏送到医院，离开时未留下姓名。

朝子看完报纸，心里涌起一阵莫名的兴奋和羞涩，不由涨红了脸。她倏忽瞟了下父亲，又倏忽瞟了下母亲。

依子依旧神情黯然地坐在桌边，她从一早起就看上去浑身乏力。吃了个溏心蛋，就固守着可怕的执念沉浸在自己的悲剧里。实际上，这种心情烦闷的夫人也会有美梦的良宵，然而，她却抱着顽固的态度，不论多么晴朗的晨空，在她看来都是一派灰暗。

这时，她黯淡的眼睛闪动了一下：

“朝子，报上有些什么有趣的新闻？”

“哦，没什么。”

“吃饭时间看报，这不是女人应该有的，是放荡不羁的男人的事。这也是父亲教你的吗？”

她用蛇一般的冷眼，斜睨着丈夫。

自那天开始，朝子心中一直记挂着斑鸠一。当然，这并非出自爱情，甚至也并非出自友情。对于一个昏迷的人，她不会感受到任何友情。

当时，驱使朝子跑向车道的，完全是一种纯粹的动机。她的热血心肠和体育运动赋予她的果敢的勇气，于一瞬间完美结合在一起了。这话当然不错，不过，记忆中斑鸠那副濒死的苍白的容颜给她留下了最鲜明的印象。那绝不是漂亮的脸孔，也不是足以打动女人芳心的任何一种面孔。尽管如此，那张可以说令人不快的面孔，在朝子心里刻印下强烈而绝不令人生厌的印象。

朝子至今对于所谓天才并不怎么特别关心。她知道世界上有这类人，但他们同自己无缘。突然割掉自己的耳朵、挥动着手枪杀人、双脚插在冰桶中写诗、为了激发灵感而吞食一整盒方糖、满不在乎地挖朋友的墙脚、盗窃商店的东西……她认为这些人都是天才。此种定义较之少女对于天才那种感伤的英雄崇拜，更加正确和健全。

“我对他的受伤深感同情。我要是对于天才这种奇异的受难命运不具感伤的情怀，”朝子忖度着，“那么，我去探望他就是一种不纯的行为。”

朝子记挂他的身体绝没有达到彻夜难眠的程度。她去上学，打排球，心情愉悦。她和同学一起去看电影，趁对方全神贯注正在看的当儿，开起了玩笑，在同学后颈衣领上别上一张纸条，写着：“下周放映《影迷时代》，请勿错过良机。”自那件事以来，朝子比以往开朗多了。

“这种快活的心境，”她有时也在思忖，“只不过是做了好事，感到高兴罢了。”

渐渐地，朝子有些不安起来。

她担心斑鸠一已经出院了，果真那样，她就永远失去时机了。

朝子从未违背过父亲，也从未蒙骗过父亲。这次却有了一个奇妙的想法。

“我急不可耐地要去探望他，但又没有任何理由，仅仅因为爸爸不让去的缘故。”

那天，下着雨。

朝子放学回家，路过附近的花店，买了一束五月的鲜花，有唐菖蒲、溪荪、矢车菊和玫瑰等。

包着花束的石蜡纸被雨水打湿了，贴在上面的花瓣儿，色彩艳丽。

朝子由“省线”换乘“都线”[①]前往筑地。她透过车窗，看见雨水飘散在东京剧场前的水沟上，荡起一圈圈涟漪。

近藤医院是一座幸免于空袭的四层楼古老建筑，外面围着污秽的水泥墙壁。走进大门在玄关收拢雨伞时，朝子顿时不知所措。

“我不是太傻了吗？贸然前来探视，可人家斑鸠先生根本不认识我呀。”

可是，在周伍的教育下，此时的朝子不会像乡下姑娘那样踌躇不前。她看看问讯处那位值班女子毫无表情的脸，知道和上回运送伤者来医院时是同一个人，便大大放心了。

朝子带着一副娇美的笑容同那位女子打招呼。

① “省线”和“都线”，分别为国营电车线路和东京都营电车线路的简称。

“我就是上次送斑鸠先生来这里的。”

“哎呀，就是那位小姐啊。”

虽然与那天成熟的穿衣风格不同，朝子穿了件学生蓝色开衫，但还是被问讯处的女职员一眼认了出来。

“我是来看看他的。”

“好的，斑鸠先生住在二楼二一五号病房。”

“哦，是吗？对不起，我想先拜访一下当天那位医师。”

“是大先生吗？做手术的是大先生，那天门诊值班的是濑川医师。”

“我能见见濑川医师吗？”

“啊，我来问问看。”

女子面无表情地说，随后拿起电话。她神色虽说有些冷淡，不带一点儿笑容，但服务还是蛮周到的。

朝子正在会客室等着，年轻的濑川博士飘闪着雪白的手术衣，迅速到来了。

“哎呀，欢迎，欢迎！”

他快活地打着招呼，宛若消毒液发散出气味儿。

朝子没有吱声，微笑着点点头。这间沉闷的会客室，仅凭朝子的微笑就改换了面貌。

博士急不可待，他想把荡漾在朝子周围美妙的空气，吸收到外科医生繁忙而可怕的工作时间中去。

“是来看他吗？”

“嗯。您看，我该怎么办呢？斑鸠先生根本不认识我，贸然前来探视，他会感到莫名其妙的呀。”

“哈哈哈哈！”年轻的博士突然莫名其妙地放声大笑，“放心吧，我每次查房时，总是对斑鸠先生强调：‘您可是被一位俊俏的小姐救来的啊。’斑鸠先生自那天之后，老是忧心忡忡，生怕再也见不到连姓名也没留下的您了。不过，我总是鼓励他，说您一定会来看望他的。所以啊，他见您来，一定大喜过望。我的见识不广，对他从事的领域一点儿也不了解，他可是了不起的天才画家啊！”

“是的，我也是从报纸上才知道的。”

“您也是从报纸上看到的？哎呀，那太好啦，啊哈哈！”

濑川博士又一次毫无意义地大笑起来。

“那么，我带你去病房吧。”

他率先登上楼梯，一边说道：

“我还一个劲儿调侃他说：‘哎呀，干你们这行买卖的很吃香，即便给车撞了，也会有美女立马跑来相救。’没想到您对他也是全然无知。那么说，您救他纯粹是出于人道主义的思想咯？”

来到二一五病房门前，博士小声说：

“请在这儿等一下。”

他一个人走进去，立刻又出来，相互对调，将朝子推一般地让进室内。

“好了，我先告辞了。”

他说罢，鼓荡着披风似的白衣，顺着走廊而去了。

朝子将手轻轻放在裹着纱布的门把手上。雨天，晦暗的病房早已亮起了电灯。她紧贴在鲜花后头，想遮掩着面孔走进病房，心里怦怦直跳。

斑鸠一穿着肥大的睡袍，将枕头竖在床头，上半身斜靠在上面。虽说留着稀疏的胡子，但比起那天濒死的面相显得神气多了。不过无论怎么看，也还不能说是健康人的脸色。他眼窝深陷，黯淡而又清澄，以一副不苟言笑的神情紧盯着进来的朝子。这使得朝子略感畏惧。

“请。”

斑鸠一指着一把椅子。

朝子环顾周围，不知把花插在哪里。

“放在这里吧。”

斑鸠一低沉着声音说，随之接过花束，胡乱地撂在床头柜的一堆书籍上，没有说一句道谢的话。

接着便聊起来，不论谈话进行到哪里，斑鸠一始终没有感谢的意思。本来，这是见面时应该说的第一句话，如果不表扬一下朝子那次的善行，那么朝子今天前来探病究竟是为的哪一桩？

窗外雨雾溟蒙。从沛然而降的雨声里，可以知道这里距大海很近。近处时不时腾起汽笛声，这高亢的笛音，于刹那之间在眼前描画出锁在雨雾中的码头的光景。

久久沉默的当儿，斑鸠一如将无聊打发在作画上那样，翻来覆去比较着两只手，指甲虽然长了，但干爽而洁净，一点儿也不龌龊。就像老人的指甲。

“不知道你的姓名和住址，能给我一张名片吗？”

斑鸠一冷不丁冒出一句。朝子一时有些茫然，一种莫名的反射作用，促使她从口袋的月票夹里掏出名片。刚一掏出，她心想糟了，但已经来不及了。

斑鸠一依然毫不在意地接过去，夹进捆扎花束外面石蜡纸的缎带上。

朝子没有从父亲那里学到一点儿应对这类男子的知识。她的心灵只是浸染着美和优雅，禁绝一切恶意或欠缺女人味的评判和观察。对于朝子来说，哪怕像今天这种不太和谐的初次相见，留给她的印象也只是“天才做派、装模作样”罢了。但她也不是单凭这一点看待对方，她心中留有余地。首先，她没有因为他不说谢谢而心生反感，朝子不是那种小肚鸡肠的人。

朝子想把话题转向社交寒暄。

“什么时候出院？”

“还得一两周，说不定要三周。不，不需要三周吧？”

一谈起自己的身体，斑鸠一简直换了一个人，眼神里立即充满热情和兴致。

“这人有点儿像父亲。”朝子望着这位外表和父亲没有任何相似之处的青年画家，心中暗自琢磨。

“还疼吗？”

“不，今天不怎么疼了。”

“前几天，”朝子微笑了，她提醒自己，这笑绝不是向对方谄媚，“我看了报纸大吃一惊，我一点儿也不知道您是画家。”

“那样反倒好。我最讨厌同女人谈论绘画。”

“啊呀，家父也这么说呢。他说女人不懂绘画。”

“这倒有意思。他怎么说？”

斑鸠一的口气里带着翻译的腔调。

“父亲说，女人就是一种美术品，女人欣赏绘画，如同美术品欣赏美术品，根本不可能做出什么评价。”

“是吗？我的看法稍有不同。令尊认为女人是美的化身，那他就是一个单纯的女性崇拜者。”

“是的，父亲是女性崇拜者。”

纵然是朝子，心中也有些不快。

“噢，这个我们不谈了。不过，我搞绘画，一概不画女人。我们之所以把女人看作美，那是因为抱有欲望的缘故，真正去掉欲望，是否还认为女人是美的呢？在我就是个很大的疑问。如果是自然或静物，立即就能看出美还是不美，那种美多半不掺水分。可是，说起女人……”

“哎呀，你从来没见到过你认为很美的女人吗？”

“没有。”画家回答得很果断，没有一丝笑容。

“我见到所谓美人，并不觉得她很美，只感到欲望。从美的观念出发，也许不美的人才是纯粹的美。为什么呢？因为如果是丑女，人们可以摆脱欲望看她。”

第四章

鉴于此，朝子觉得这次探病很不如意。斑鸠一的为人简直就像在急速飞扬的流云中捕捉不时闪现的一线蓝天，朝子虽然在病房里仅仅待了二三十分钟，可她比病人更加疲倦。

没想到，在朝子告辞要回去时，斑鸠一猝然露出一副孤寂的表情，使得朝子吓了一跳。

“唉，这人就像一味纠缠母亲的小孩子，母亲一旦甩开他的小手迅速离开，被丢下的他眼看着就要大哭起来。”

这个颇不讨人喜爱的青年，居然能够调动一位情窦初开的少女母性的本能，这很神奇。

病房晦暗了。

雨依然没有停歇。窗外，雨日黄昏渐浓。一派不澄澈的鼠灰色的天空。

“非要回去吗？”

“嗯。”

“那就请回吧。”

他那长满稀疏胡子的清癯的脸孔，在枕头上咕噜翻个个儿，转向了墙壁。他用犀利的目光对着朝子斜睨了一眼，噘着嘴巴。

对于朝子来说，她完全没有理由被这位几乎是初次会面的男子纠缠，不过，这也给心中留有余地的朝子带来了几分幽默感。

“我学妖精隐身，叫他回头时在房子里找不到我。”

她一边一步步悄悄后退，唇边挂着笑意，整齐而洁白的齿缝间微微闪露出香舌；一边用手暗暗旋动裹着纱布的把手，溜出病房。

事情一件接一件，第二天，朝子又遇到了另一位青年。

听说外国旧式的舞会，大凡未婚女子都要有母亲陪伴，时时加以严格监视。然而周伍不仅择良师教朝子学习社交舞，他还亲自为女儿选择舞会，自己无论多忙，都要挤出时间随行，起着父代母职的作用。

周伍在外国社交场里，同一位公卿结下亲密的友谊。他就是自早年起一贯豪放磊落的醍醐宫殿下。殿下已经降为臣籍，原位于三田高台的那座宏伟的宫殿，如今变成了皇冠饭店，每月一次，以殿下为中心，在饭店举办酒会，名字就叫“醍醐会”。周伍是正式会员，临时也有新客人前来。因为殿下交游十分广泛，凡是新加入交际圈内的人，一般都会接到醍醐会的邀请。

周伍除了陪女儿出席每月一次的例行舞会，还要去参加两三次别的舞会。不过，每月一次不落的只有醍醐会。

朝子去探望斑鸠一的第二天，正逢醍醐会举办的日子。由于穿晚礼服太显眼，她放学一回家，就改穿一般的宴会服，等待父亲归来。

母亲带着一脸悲戚的表情走进朝子的房间。

“挺好，要去出席宴会吧？”

朝子知道自己并非寻常百姓家的女儿，她不会轻易说什么“妈妈要是一道去该有多好”之类的话。那定会惹得妈妈哭诉不止。

“这衣服很适合你，妈妈也曾有过这样的时代。”

“是啊，我看过照片。”

依子神色黯然，透过二楼的窗户，眺望着夕阳里沙沙作响的庭树和灿烂的晚霞。她的眼窝已经松弛，荡起皱纹。日复一日逐渐衰老的容颜，使得那块火烫的伤痕也不怎么显得丑陋了。

“想起那个时候，出席谢奥德·顿·蒙塞尔舞会……”

“那有多美好啊！”

“大家的眼睛全都看着妈妈一个人。”

朝子觉得依子看起来就像年老色衰的娼妓。

对于诉说荣华往事的母亲，比起可怜和同情，朝子常会觉得有几分可怖。这枚经过千万遍磨损的唱片发出的声响，其中那些昔日华艳的乐音，早已为发人忧思的绵绵阴雨所替代。

“妈妈变成这副样子，也是爸爸一手造成的。”

聪明的朝子知道，此时既不可表示赞同，也不可表示反对，只有保持沉默才是上策。

“这块火伤是空袭造成的，但自那之后妈妈的余生变得一片空虚。这全是因为爸爸的缘故。朝子既然中了爸爸的毒，这一生千万别在脸上留下什么疤痕啊！因为爸爸死后，朝子还要继续生活下去，到那时可以忘掉爸爸，从他的恶劣影响下挣脱出来。这一点，你比妈妈幸福得多。妈妈活着的时候，一定要采取某种形式向爸爸报仇。朝子，这是真话，妈妈绝没撒谎。”

依子走到朝子枕头边，从采集的玫瑰花上掐下一朵来。

她又回到椅子上，点起一支香烟，老半天只顾默默地吸着。

朝子无可奈何地坐到钢琴前，轻抚玉指，弹奏起来。母亲说道：

“是肖邦的练习曲，很好，接着弹下去吧。”

朝子弹完这支曲子，她发现母亲依然沉默不语，便从椅子上回头望了望。于是，眼前的情景着实让朝子大吃一惊。

母亲目光虚空，将那朵鲜花插在琉璃蓝的笔盘里，用火柴认真地燃着了一片花瓣儿。

门口传来汽车的喇叭声，看样子父亲回来了。

“是爸爸。”

朝子立即转身走出屋子，顺着铺有地毯的楼梯跑下去。

由于种种事情，当晚随父亲乘车去醍醐会的朝子总也高兴不起来。做父亲的向来不管女儿的心情，他佩戴一条素色领带，别针上嵌着一颗生日宝石，身穿黑上衣，条纹长裤，一副十九世纪时髦绅士的打扮。他背靠着柠檬黄的坐席，偕同光彩照人的漂亮女儿一起出席晚间舞会，感到心满意足。

至于女儿的教育和服装搭配，周伍的细致入微超过一般女人。他把那位歇斯底里的老婆撂在家里，任她哭诉埋怨，不抱任何同情，当然这已成了习惯，但也可以说是出于一个实业家的气质：必要时敏感，不必要时麻木。说得好听些，这是一种“英迈的品格”。

朝子一边注意振奋不时消沉的精神，一边偷眼瞧了下父亲，心想：

"父亲是个残酷和亲切混合型的人物，他具有任何女人都学不来的唯独男人才会有的坚强性格。虽然母亲那样可怜，但不知为何，我的心还是站在父亲一边。也许我的体内有残酷的遗传因子。

啊，不，不行。这样一想，就会越来越消沉。等我将来做女主人主持宴会的时候，也许会有这种心境吧。那么我如何应对呢？对于我来说，今晚就是个历练的好机会。"

朝子想着这些，头脑里倏忽掠过昨天在医院里看到的斑鸠一的面庞，那张流露出赤裸灵魂的清瘦而古怪的面庞……一张决不遮遮掩掩的面庞。

汽车登上三田一带未受战火洗礼的幽暗的邸町高坡，驶入一座大门。门内的鹅卵石道路蜿蜒曲折，绵延不绝。左右两边的路灯犹如卫兵整齐排列着，迎迓着碾在沙石上的庄重的轮音。

"好大的府第啊！从大门到玄关这条道路，殿下未来得及亲自走过一次，就拱手让人了。没想到，竟然零落到如此地步。"

周伍作了一番说明。

饭店的玄关给人的感觉是一座明治风格的古老的西式建筑，整个大厅铺设着猩红的地毯，远远地映射进眼帘。

越过大厅，穿过落地镜回廊，立即听到晦暗的舞池里奏起的音乐蓦然变得高亢了。

周伍让女儿先行，两人越过舞池。还没有人跳舞。

远处，院子里黑漆漆的草坪上散落着几点零星的灯光，排列着大理石圆柱的宽阔的露台上，熙熙攘攘，人影憧憧。

身体魁伟的殿下，穿着十分合体的晚宴服。

"啊，欢迎。"

他一边打招呼，一边登上大理石两三级台阶，向朝子伸过手同她相握。

“阿邦（王子的爱称）从刚才起就盼着你来，说要和你一起跳舞呢。”

站在他身后的二十岁的王子，一只手举着掺苏打水的苏格兰威士忌酒杯，稚气未消的面颊上满含微笑，同样握了握手。

“您好。”

王子问候她。身体纤弱的王子妃殿下，今日偶感风寒，没有光临。代替她的是和妃殿下交好的原亲王的两位年轻的妃子。

今晚宴会的气氛无论多么轻松愉快，依旧带有落后于时代的贵族趣味，似乎很适合周伍严冷的气质。

“呶，这是您喜欢喝的宾治[①]。”

王子为朝子拿来一杯宾治酒，那颜色同朝子晚礼服的颜色完全不相配，周伍居然没说什么。

会员们都是周伍父女所熟悉的。旧皇族、旧华族、实业家、外交官，以及几位美国高官和实业家，他们都是仪表堂堂的鸳鸯宾客，年轻人很少，所以朝子只能同王子一块儿玩。王子是个未脱孩子气的青年，他不愿意被人看作自恃高贵和不谙世故，所以同朝子独处时，就故意使用一些粗俗的词儿，什么“……老子不干”，“哼……那德性”之类。他总是表现出颇受女孩子欢迎的傲慢神态。

这时，露台的阶梯上走来一位身穿黑色西服的青年。

青年一只手摆弄着一侧的金色袖扣，环顾一下四周。他看到王

① 原文作Punch，鸡尾酒的一种。

子，便靠近过来，一副骑士作风地招呼道：

“殿下。”

“哦，永桥君。”王子忽然改换一副老成的语调，同他握手。“欢迎光临。我来介绍一下，这位是木宫朝子小姐，这位是永桥俊二君，我学习院大学时代的老前辈。四年前去美国大学学习，刚刚回国。永桥君，今天带舞伴来没有？”

“正好碰到有个会，我便从会场上溜出，过来打个招呼。”

青年穿过座椅与座椅间的缝隙走向亲王殿下身边，周围的贵妇人尽皆睁大眼睛看着他。这位青年颀长的侧影实在太美了。

正在同周伍闲聊的殿下，一把挽住青年的膀子，介绍给周伍。殿下的语调总是慢条斯理，极尽详细。其间，被介绍的双方只好无所事事地互相呆望着，心里十分尴尬。

“哎呀，木宫先生，这个青年人呀，是邦昭大学时代的前辈，两人同在马术部，他对邦昭很是照顾。他父亲是永桥银行的总裁，您该知道的吧，叫永桥圭一郎。公子就是俊二君。在美国哈佛大学留学，一周前刚回来。哎呀，说来凑巧，前天，我在一家餐馆正吃着饭，看到对面桌子上有位青年，正被两三个人缠着不放。那位青年哭丧着脸环顾四方，正好被我瞧见，原来是旧相识！俊二君看到我好像得救一般，跑到我身旁，说刚回国不久，被几个电影公司的人恳请入伙，脱不开身，务必请我帮忙解围。于是，我把那几个人叫到桌边，原来是南宝电影公司的一伙人，他们说：‘今天刚物色的这位青年，五官端好，百里挑一，我们想请他去当演员，所以才跟到这里来的。’我对他们说：‘这位青年的父亲是我的老熟人，极为少见的严谨的人，他打算让儿子到银行工作。这位父亲自己花钱送儿子出国留学四年，刚一回来就去拍电影，成何体统！对于儿子来说，还有比这更为不孝的吗？’我的一番论说，终于将他们赶走了。于是，我就强制性地请他务必出席今天的晚宴。这人可是个美男子啊！”

与其说是介绍，不如说是一篇演说，就连很少承认男人之美的周伍，也被这位青年的美貌与端正的举止所吸引。他突发灵感，不由想到：

“看来，这青年和朝子很相配。他同朝子站在一起，该是一对多么秀丽的花瓶啊！”

殿下叫来侍者，让他问俊二想喝点儿什么，俊二要了马丁尼。酒上来了，周伍说：

“我来介绍一下小女。”

他回顾一下周围，没有朝子的身影。他发现昏暗的舞池通向露台的出口处，翩然掠过一对舞伴，一身象牙色的闪闪发光的礼服，那是朝子和王子。

那对舞伴又倏忽消失在舞池的昏暗之中。

即使在这种时候，青年也一直淹没在女人们的问候声里：

“您好，祝贺您平安回国。”

“好久没见到您啦。”

“个子又长高啦。”

草坪尽头苍黑的树影上面，五月美丽的星空广袤无垠，找不到一丝都会的声音和光亮。草坪的一角，蹲伏着尚未放进灯盏的巨型石灯笼，那描绘着细密蓝色花纹的白瓷肌肤，映着露台的灯影，看上去朦胧而冷艳。

难得找到了机会，周伍便把好容易盼回来的女儿介绍给俊二。两人相视一笑。

“这是第二次介绍。”

“两只眼睛，一张嘴，记住了吧？”

“我在这方面，记性尤其好。”

周伍自觉这里不需要自己，他便微笑着回到绅士们中间。一个美国人，赞扬俊二的英语发音准确，说他是正统的波士顿英语。接着，谈到了高尔夫，周伍对打高尔夫一向不感兴趣，所以听起来索然无味。

俊二对初识的朝子的美丽，并未当面用谄媚的语言特别夸赞一番，但两人都深知对方的美丽。

实际上，他俩一旦聊起来，就形成一种奇妙的氛围，好比周围拉起一道透明的帷幕，他们犹如玻璃柜中的一对偶人，第三者只落得个从玻璃柜外窥探的份儿。谁都会感到，对于这美好的一对儿，其他再也找不到一个更加美好的词儿加以形容了。

两人谈了一会儿，朝子想：“这人不像是傻瓜。”

令人奇怪的是，俊二广博的知识，简直同朝子所受的教育互为补充，朝子不懂的部分，俊二知道；俊二不懂的部分，朝子知道。例如，俊二经常光顾纽约大都会博物馆和现代美术馆，熟知泰西美术，谈起美术来妙趣横生。朝子呢？秉承周伍“女人不适合欣赏美术”的理论，对课堂以外的美术知识一无所知。这在前边已经说过。

两人正谈得起劲，上了年纪、一脸肃穆的司务长走进客厅，仿佛玩弄阴谋一般，附在殿下耳畔低声说：

“晚餐准备好了。”

殿下提高嗓门，用过去长期所属的骑兵联队的调子，像在向庞大的军队发号施令一般：

“诸位，准备就餐！”

“我要回到我们的会场去了。”俊二抬起腕子，猛然看了一眼大圆盘金表，接着，依然用先前的语调问，“周六中午能出来吗？”

“是的，有午休时间，有什么事吗？”

“那么，是从后门出来，还是从正门出来？……”

“后门最近封死了，只准从正门出入。明明离车站又远，又不方便。”

“好吧，我去正门迎接。记住，周六中午。到时再聊，再见。”

俊二说道。

“再见。”

一时有些茫然的朝子，手被握住了。说是握手，其实是她的手被一个男人柔软的手包裹住了。

回过神来一看，俊二已经走到殿下身旁，表达中途离场的歉意，顺便告别。

到周六还有三天。

翌日晚，朝子在家里，她经过电话室前，碰巧铃声响了。她拿起听筒。

“万岁！明天出院，我要开庆祝会。”

“请问您是谁？”

“我？我是斑鸠，忘记啦？我要出院啦。”

“哎呀，祝贺您。”

“我要开出院庆祝会。”

“您突然谈起这些事，我倒没关系，要是家里人接，肯定会大吃一惊撂下听筒的。再说，您知道我是谁？”

“从声音上可以判断，我有你的名片。我给朝子小姐打电话，接听的自然就是朝子小姐了。”

“哎呀，我不是一个人住。”

“那有什么关系？好了，周六一点钟，我等你。请你务必来，我很期待，再见。”

“哎呀，等等。在什么地方啊？”

“涩谷的‘伊菲诺’酒吧。午间，专门为我开张。就在涩谷南宝剧场后边，一问便知。”

“不过，我对那种地方……”

“不碍的，客人都是好人，不用担心。”

“可是，周六那个时间……”

“啊，是吗？你很忙？不能参加？那就算了。”

电话里传来用力放听筒的响声，猝然挂掉了。

朝子正要走出电话室，对方紧接着又打来了：

“为什么？周六下午为什么不能来？你有约会吗？和谁？”

声音咄咄逼人，奇怪的是，口气却非常明净而不恼人。

第五章

星期六是个响晴的日子。

朝子用黑红二色的缎带将三四本教科书扎在一起，抱在怀里，走出校舍，沿着雪松之间宽阔的石子路走向正门。她宛若飞燕展翅，偕同四五个同学一起向前迈动着脚步。书腰上的金色销子闪闪放光。朝子上学时不化妆，她的面孔犹如色彩淡雅的花朵，细腻而清丽。

正门前面，停着四五辆私人轿车，排列在碎石路上，反射着耀眼的光辉。那是利用自家车上学的少女们的汽车。当这群虽说是少女、但已是新制大学一年级女生，跨出大门柱支撑的红砖正门，一辆轿车的汽笛突然发出吼叫，足以把人吓一跳。

人们不由一怔，照样走过去了。于是，又是一声恫吓般的鸣响。

朝子回过头去，从那辆银灰色的敞篷凯迪拉克轿车里伸出一只胳膊，于是她看到了正冲着这边微笑的永桥俊二。

朝子在父亲的教导之下，即使有男士呼唤，也不慌忙跑过去。不过，斑鸠一当时是例外。那是危机场合，斑鸠一不属于父亲叮嘱的任何男士的范畴，他是个奇人。但是，俊二完全适用于父亲的每一项教导，他是个模范男性。朝子也不能不服从父亲的训诫，不是吗？

朝子站住了，俊二下车悠悠地向她这里走来。这位在美国长大的美男子，吸引了众多少女的目光。但这位青年只望着朝子一人，她们对此颇为恼怒，立即抛下朝子回去了。

“你不上车吗？”

“您送我？”

“哎……上了车再说吧。”

作者对这种电影式的场面描写不太感兴趣。年轻的美男子，开着凯迪拉克轿车，美国大学毕业，穿着流行的开司米白色上装。各方面都无可挑剔的青年，带着我们在前边时常提到的那位无可挑剔的绝世美人，一起开车兜风。每当在交叉口停车时，不用说总是吸引电车站上等车的众多女士的注意……这一系列的描述不免令人倒胃口。还是请读者闭上眼睛想象一番更好。

初夏正午的天空一碧如洗。凯迪拉克载着这理想的一对儿奔跑，相对来说，东京的大街显得太乏味了。然而特别神秘的一点在于——美这种东西，不仅使第三者愉目，同时也为貌美者双方带来欢欣。即便互相知道自己美，但不靠镜子还是看不到。这点近乎宿命。对于自己美的认识，其实是一种不断逃离自己的暧昧而不透明的认识。到头来，在这个世界上，他人之美就是一切。

但是，俊二决非一个柔弱的男子。他是个追求完美的人，哈佛大学在校成绩首屈一指；但从另一方面看，他又是世上最无聊的男子。按照世俗通常的说法，某种缺点可以形成一种个人魅力，但他的个人魅力却在于没有任何缺点。他认为自己无所不能，这种认识不是挂在鼻尖上，而是潜隐在骨子里。那副西班牙风格的美好的侧影，犹如外国货币上的浮雕，不管什么样的女子，都会被他迷住。

不用说，这位青年不会在中午老老实实送朝子回家，他们前往周末下午的大街。街上行人杂沓。不妨打个比方，都市的周末好比牙膏的管口，受到六天来紧张的工作日的压挤，将牙膏一下子喷射到污秽的两排牙齿似的大街上。这可不是什么诗意的比喻啊。

凯迪拉克迅疾地驶过大街小巷，这辆可恨的轿车，从那些不顾死活横冲直闯的五一型破旧计程车行列中穿过，仿佛一位彩衣窸窣的贵妇人，翩然而去。

他们在开往涩谷的“都电”和穿越青山墓地的“都电”交叉点上，下了汽车。这一带是使馆区，聚集着许多外国人经营的餐馆。自五月以来，R 德国餐厅便将桌椅摆在圈着高高篱笆的逼仄的庭院里。客人可以在葡萄架下沐浴着绿叶间漏泄的阳光，喝一杯生啤，吃一顿美食。朝子坐在一张简朴的木椅上，抬头仰望，葡萄又青又小。紧贴着篱笆外面，时时有电车通过，那种响声，就像拉出塞满杂物的破抽屉。乘客被篱笆遮挡了，看不见人影。

两人山南海北地聊着。青年无所不知，生性开朗，心怀舒畅。如此使人抱有好感的完美态度，决非一朝一夕所能养成。

朝子心中思忖着：

“这人同我倒是绝好的一对，他头脑聪敏，运动方面是万能选手，择他作女婿，父亲会首先深表赞成。然而，看着这个人，似乎看到了自己的影子。一眼看透他的乏味，或许不仅我一个。看来，我不可能对他产生恋情。”

话虽如此，但并不妨碍朝子同这位青年一起吃饭、聊天。毋宁说，朝子和他在一起十分愉快，而且她也不讨厌这位漂亮的青年。不过，从朝子的直觉上，至少对于朝子本人来说，这青年缺乏一种魔力，一种使人奋不顾身的力量。

“你很开朗，太好啦。”

俊二乘机说道。朝子想，这人根本没有眼力看穿我家中的烦恼。可是严格的庭训，不容许她亮出自己的观点。

“都因为太傻，肯定的。”

她笑着说。

“夏天去哪儿？”

俊二转移了话题。

“轻井泽。”

“我也去轻井泽。具体是哪里？”

“万平饭店后山。”

“是M先生家的近旁吗？”

“对，就是M先生隔壁。”

“啊，那是一座圆拱门上爬满常春藤的宅第，那里离我们家只隔五六户人家。进了门，就是一个圆形的大水池。你知道吗？”

“嗯，池子周围是回车道，水面上开满了睡莲……”

“正是那一家。可不是嘛，想想看，我都离开日本四年了，当时你也还是个小姑娘呢。”

如此想不到的亲近感，使青年骤然变得饶舌起来。

“你喜欢打网球吗？”

“我特别喜欢打网球，而且技术很高。”

朝子微微睃了他一眼，笑着回答。

“太好了，今年夏天，我们尽情打网球吧。秋天，我要进入父亲的银行工作，一旦成为职员，从明年起，哪里还谈得上什么暑假。今年夏天可要玩个痛快。”

两人谈论着夏天，不由望望天空。葡萄架外云层绚烂，预示着夏季逐渐临近了。

其实，永桥俊二对付女人很有一套。他把本想午饭后立即回家的朝子留住，同她一起去看看电影什么的，一直玩到天黑，又在舞厅里吃了晚饭。朝子还应约下周六再次相会。

这家舞厅晚饭时间直到八点。从八点开始夜总会匆匆开幕，乐团在装饰成象征波斯风情帐篷模样的舞台上演奏音乐。舞场内一律是深蓝色。跳了两三支曲子后，已经是七点四十分了。朝子执意要回家，俊二颇为遗憾地揿了揿桌上的台灯按钮，招呼侍者过来结账。这时，台灯伞罩上的红星亮了，侍者看到红灯走了过来。

从那里出来，走向俊二停车的场所，需要越过一道街区。

“真遗憾呀。”俊二仰望大街上的星空说道，“明天肯定是好天气，我想邀你去兜风哩。”

“可是礼拜天不行。我必须一直待在父亲身边，否则他会不高兴。”

虽说正是后街要开始热闹的时刻，大街上近来突然涌现的银行和百货商场，都及早关门，时间才八点，人们便在暗影中来来往往。这时，各处都有很晚才打烊的咖啡馆，很远就能看到地面上散落着斑驳的灯影。初夏，周六的夜晚，空气清爽宜人，朝子也觉得这样早回家有点儿可惜。尤其是刚才受到了俊二的奚落，他说：

“你也像银行，一到天黑，赶紧落下铁门。”

他们拐向停放汽车的横巷，俊二站在车前。

银行背阴里，燃着油纸灯笼，坐着一位手相师。皱巴巴的衬衫外面套着灰色的西装，没有打领带。这是个相貌平庸的男子，长着一脸胡须。但看起来人倒不坏。这个不带任何神秘感的、不拘小节的手相师，似乎勾起俊二的关心。

不仅如此，俊二略带醉意。吃饭时，他喝了不少葡萄酒。

“看看手相怎么样？”

青年对朝子说。朝子拒绝了。接着，她站在迅速伸出手臂的俊二身旁，窥视着。

“您的运势极好，交了桃花运。事业上也都很走运。您这是万人中才有一人的幸运手相啊！论起头脑嘛，头脑灵活细致。”

手相师用脏污的指甲按压手心各处，上方不住摇动着手电。

“一切方面都很成功。”

“都这么好吗？怎么没有一点儿令人兴奋的事儿？说的也太抽象啦。”

“不，不。”手相师极力否定，“还有，旅行运也很好。”

“旅行运？”

“就是出游啊，哎？就是出游的运气呀。您已经看了世界最遥远的地方才回来。”

俊二和朝子对望了一下，相视而笑。此时，手相师将手电的小圆光点对准一个地方，凝视良久。

“不过……有一点，到了秋天要多加小心。九月或十月……”

“什么事呢？”

“总之，到时候只要注意，就万事大吉。”

手相师阴沉着脸，说完这句话就缄口不言。

——两人默默告别了手相师。汽车的帷帘，晚饭之前早已挂了起来。

车子发动了。

“听了奇怪的话，想必不开心吧？幸好我没给他看。”

“我并不在意，他说得太悬乎了。”

青年心情开朗地说道，话音里丝毫没有逞强的意思。

到了一个街角，突然冒出一辆雷诺，打俊二的车子一边飞驰而去。

“畜牲！”

“哎呀，好险！”

“没关系，还不到九月。”

在他送她回田园调布家的路上，朝子不时望望青年的侧影。那张脸太美了，但却是一张幼小动物的兽相。这张面孔在沉默无言之时，反而令人觉得一脸的故事。

“说不定这人将有一场大祸临头。要是那样……”

幽暗的车厢内，忽闪着对面驶来的汽车的头灯，她从那副侧影里仿佛预感到未来的悲剧。

朝子这种不安的预感，使她这才稍稍看到他的魅力。

周一。

朝子接到一封陌生女子的信。粗劣的牛皮纸信封，字迹潦草，笔画歪斜不正。

斑鸠君的康复庆祝会因为你的缺席流产了。我之所以给你写这封信，是因为我觉得有义务告诉你一声，由于你的任性所为，也给我们造成很大麻烦。

斑鸠君等了一个多小时，说“客人还没有到齐”，又心情焦躁不安地等了会儿，最后终于发火了。他大声吼道：

“今天的庆祝会不举行了，大家都回去吧！”

他这么一说，大家一时没了主意，都一起上前安慰他，询问他到底出了什么事。他把你的名片扔在桌子上，立即抱头痛哭起来。于是，我马上给你家里打电话，你不在。作为斑鸠君忠实的女性朋友，我立即把你的住址记在了日记本上，这是我的义务。

没想到，斑鸠君发现自己放下的名片，被大家拿走了，暴跳如雷。我把名片还给他，大伙儿一起去安抚这位可怜的独脚人，将斑鸠君一直送回家中。

就这样，好不容易筹备的出院庆祝会给弄砸了。那家“伊菲诺”酒吧出于对斑鸠君的无比尊敬，特地于午间免费提供店面。结果，老板娘满脸不快，大骂你这个尚未见面的女子。

我们这些人，打心底里敬爱斑鸠君的艺术。我们不称他“先生”，而称他“君”，由此可以看出我们对他的真实感情。他的确是一位天才。他生来具有天使的灵魂，喜怒哀乐，率意而为，洁白无垢，达于极致。

事到如今，我觉得你上回遇车祸救他是多此一举。当时，如果他死了，或许艺术的荣光将更加辉煌。

他如约地期盼着一场神圣的聚会，结果遭到你的破坏，不堪收拾。我代表大家，对你这位资产阶级小姐表达我们的愤怒……

A子

…………

朝子生来未曾收到过这种无礼的信件。读着读着，她几次怒不可遏，几乎流出眼泪。然而，仔细想想，这简直是无理取闹，首先，确信朝子出席那天的聚会，完全是斑鸠一个人的一厢情愿，朝子不记得给过他任何承诺。

“写这封信的女人也有些怪。”

朝子思来想去，忽然冷静下来。整个信显得很滑稽。

只能认为是狂人遇到了疯子，那位辱骂未曾谋面的朝子的老板娘，那种疯狂真够厉害。这件事情的中心人物斑鸠的影像相当怪异，她对这位“天使的灵魂”只能敬而远之。竟然会有这般心灵扭曲、生性怪僻的天使!

但是，撇开这一切滑稽的因素，朝子也不能对这封信漠不关心。在自己不知情的地方，发生因自己而引起的事件，就像从墙缝里窥视另一个自己的姿影，给了她新奇的感动。

“我和俊二君一同看电影的当儿，这群疯子便在涩谷一家酒吧闹腾起来了。”

这么一想，朝子心情变得愉快起来。她的舒畅而高贵的心灵，使她并不介意因好心送重伤者去医院反而遭到一阵唾骂。因为，她的一片热诚本来就不是为了换得别人的感谢。

她把信撕得粉碎，扔掉了，接着开始做功课。初夏，薄暮冥冥，正是果实缓缓成熟的丰醇时节。朝子的桌面上摆满了父亲从国外带来的礼物，这些小巧的雕刻因被疏散而未遭火焚。这是一些古代大理石雕成的可爱的人物造型，微微泛黄了。其中有丘比特与浦西克，还有一对裸体的小恋人，站立着，脸儿磕着脸儿，轻轻地接吻。

朝子温课之余，有时会呆呆凝视着两个小恋人接吻，脸上浮现出微笑。汉白玉雕成的小巧嘴唇，接起吻来如同小鸟，丝毫没有肉体之感，看上去好似两个灵魂的接触。

“这样才堪称无垢，才可以叫做天使的灵魂。”

这么一想，在画室一隅抱膝独思的斑鸠一的身影出现在眼前。一个拄着拐杖的天使……朝子心里为之闪开一道隙缝。

“我有什么理由非要可怜他呢？”

出于困惑，朝子又去见了斑鸠一。

倒是要从那天晚上说起。斑鸠一打电话来，要找朝子的父亲周伍。

“什么事呢？”

当着母亲的面，父亲给朝子递了个眼色，皱起眉头向电话室走去。

母亲在家，将报纸翻来覆去读个遍，她什么都知晓。

“斑鸠这个奇怪的姓，同那位遇到车祸的天才画家完全一样哩。”

“是的。”

朝子茫然地应道，胸中怦怦直跳。

过了一会儿，周伍探过头来招呼朝子进去。

朝子和父亲一起进入电话室。父亲用手心捂住听筒，小声而又急促地对她说：

“这个电话很麻烦，艺术家这号人太注重感恩戴德了。他是怎么知道我们的姓名和电话号码的呢？他说一定要来我们家，当面向救命恩人表达谢意。说现在就想来，还说有三四个弟子护送他来。看来，目前还不太会用拐杖。首先，他那副样子前来，当着你母亲的面怎么说话？我拼命拒绝他，还是不顶用。他还说，至少得在电话里先向小姐表示感谢。”

“真难办呀。”

朝子几乎是无意识地夺过父亲手里的听筒，一时有些心虚起来。

“好好回答他，免得以后啰唆。”

“嗯。”

父亲默默走出电话室，朝子放心了，将听筒贴近耳朵。对方的声音出乎意外的平和、沉静。那是相当明朗的嗓音，比他的外表年轻多了。

“喂喂，是朝子小姐吗？啊，好容易听到你的声音，我又复活了。我想你不会接我的电话，所以才喊令尊接电话。”

父亲就站在电话室外头，朝子很想说一句“你那样做叫我很难办”，但终于没有说出口。

“那么多人陪我到府上去，家里人一定很为难吧？我肯定是要去的。不过，明天你要是能来我的画室玩玩，不去也可以。画室就在大冈山高地上，到那一问就知道了，门牌号码是……”

斑鸠一独自说着：

“明天我等你一天，你要是不来，我再到府上去。我一整天关在画室里，是要死的啊！好吧，到时再见。”

电话挂断了，这事儿实在有点儿幽默。

回到起居室，父亲正在回答母亲仔细的盘问。

“不，是经人介绍，托我买他的画。介绍人就是朝子的同学。我叫朝子接电话，告诉他不想买。那人只有一条腿，生活很困难，真可怜……”

“什么画？”

“哦，什么画，我也不清楚。”

为什么每逢去见斑鸠一的那天老是下雨？

朝子于轻盈透明的雨伞下面，穿一身暗红色的连衣裙学生服，去探访斑鸠一的画室。

画室在高地固然不错，但却位于中流住宅区之间，视野不是很好。吸饱雨水的高高篱笆中央，有一扇湿漉漉的行将枯朽的木门。

幸好那个写信的狂热崇拜者不在，一位上了年纪的面孔和善的老婆子出门迎接。她笑嘻嘻地说：

“欢迎欢迎，这边请进。先生一直等着呢。”

画室内大白天也点着灯。墙壁上挂满了稀奇古怪的画。好多画表面反光，看不清楚。

他的身体埋在安乐椅里，膝头盖着毛毯。面容十分憔悴的斑鸠一，孱弱地微笑着迎接朝子。

“你好厉害，竟然胁迫我。”

“不胁迫你是不会来的。”

“我可不是怕你胁迫才来的，本来就想找时间来看看你。”

“唔。”

斑鸠一不是一个善于言谈的主儿。婆子迅速端来水果和茶水，看样子早就准备好了。

斑鸠一比起第一次见面时更加沉稳和亲切。这个人的性格好似一只万花筒。

“其实请你来，也没什么要紧的事。只是，我感到你若不来，我会马上死掉。”

他淡淡地说。

“我并非要给你画肖像画什么的，就像电影上那种低级的玩意儿。我对你不玩罗曼蒂克那一套，你可别扫兴。”

“好吧，我也没想要自己的肖像画。”

“你大概在镜子里看够了吧？当然喽，对于女人来说，自己直接面对的镜子，就是最满意的肖像画，没有比这更好的了。”

又来了，朝子想。但她对他的话也并非毫无兴趣。斑鸠一今天刮净了胡子，露出青须须的剃痕。还有两三处被刀刃划破了，伤口残留着血迹。这血色经那青青剃痕的映衬，看起来异常鲜明。

“我今天特地请你来……”

斑鸠一说到这里，嘴里一时憋不出词儿来。

“什么事？”

朝子不得不天真地反问。

“希望你不要妨碍我的工作。”

“哎呀，我什么时候妨碍了？”

“上个周六，你就着实妨碍了一下。”

“啊，你是说我没来参加庆祝会？”

“这个嘛，也算是。”斑鸠一一直很严肃，“更要不得的是，你和一个漂亮青年一起去看电影了。”

对于干涉她自由的人，朝子突然感到怒火中烧。但转念一想，画家到底是怎么知道这件事的呢？她好不奇怪。画家接下去说：

“那天，我的朋友也去了电影院，看到你了。她说见到一位绝色美女，并立即跑来向我报告。朋友描述出你的特征，仅凭这一点，我就立即明白了。”

“这个嘛……肯定认错人了。”

“没有错。我有灵感，一下子就知道了。只要是我喜欢的，绝不会搞错。”

朝子感到几分可怖。她鼓起勇气，大胆地反击。

“你那一伙人，看来都有灵感，是一群疯子，不是一般人。”

“你怎么知道我那一伙人？”

“你的一位热心崇拜者给我写信来着。”

朝子简要地将内容说了一遍，画家脸转向一边听着。他调皮地用手指戳着床头柜上面台灯的伞罩，使那伞罩摇个不停……不一会儿听完了，这才转过脸来，冲她孩子般地傻笑着说：

“噢，你说那封信啊，那是我一时气不过写的，真好，倒把你给蒙住啦。”

可不是，那字体根本不像是出自女人的手。

第六章

那封恐吓信是斑鸠一自己写的。这一出人意表的行径使得朝子倒抽一口冷气。这是一种恶魔的行为。她望着眼前这张天真的笑脸，以及那双清澈秀美的眼睛，看不出隐藏着什么恶意。她一想到斑鸠一若真如自己所写的那样的话，便觉得有些奇怪，但她认为，这位奇娇的青年心中，确实栖息着无垢的天使的灵魂，一个不带任何恶意却什么坏事都干得出来的天使的灵魂。

然而，斑鸠一并未向她提出“是否害怕了”等一般的问题。

“总之，我不希望你妨碍我的工作。”

“你好任性，我有我自己的生活，如果你以为都是妨碍你，那我岂不成了你的奴隶？”

“那就做我的奴隶好了。”

朝子听了这话一时怒不可遏。

“我该告辞了。”

“像你这样的女性，竟然说出‘我该告辞了’之类的话，这是爱跟人怄气的女孩子常用的语言，你不觉得难为情吗？你应该表现出一副堂堂正正、凛乎难返的气势，揍我一顿也无妨。你完全可以把我这个瘸脚男子，从椅子上甩将出去！”

朝子默默地站起来。窗外，大雨潇潇而降，她心头弥漫着莫名的恐怖与不安。

“来吧，狠踹我一脚吧。将我踢倒在地，再啐上一口唾沫。”

斑鸠一情绪激昂，他没有拄拐杖就站起来，结果一个趔趄摔倒在朝子脚边。他用两手死死抓住朝子的脚脖子不放。朝子一直凉到心底。但是，她猛然涌上来一股奇异的勇气和力量，决心站稳纤细的双腿，不管发生什么事情，她都决心像雕像一般矗立不动。斑鸠一突然嚎啕大哭起来，他一边哭一边叫喊：

“你折磨我吧，只要你高兴就好。你可以对别的男人百般讨好，甜言蜜语。如此这般将两种男人玩弄于股掌之中，区别对待。”

朝子听着他小孩子撒娇般的咆哮声，犹如双肩卸下了包裹，恐怖消失了。她觉得好笑，一种对残疾者的怜悯，自然转化为一种母性的关爱。斑鸠一不再继续任性胡闹，朝子稍稍抽回两脚时，他顺从地松开了双手。

朝子扶起斑鸠一，让他在安乐椅上坐好，像原先一样在膝头盖上毛毯，随后掏出自己的花边手帕，为斑鸠一擦眼泪。

斑鸠一乖乖地任她摆布。擦完眼泪，便把头转向一侧。接着，他带着鼻音断断续续地说：

“求求你，不要再说回家了。”

“什么喜欢啦讨厌啦，那些不三不四恋爱的话题听够了。我要回家。”

“好吧，谈点别的吧，随便聊……请不要走。”

“你想知道我家的事吗？”

“好的。”

朝子一心认定，能够理解自己家中不幸的人，或许是非他莫属了。本来，朝子并不愿意谈论这些话题，所以她从未对同学们提起过。她觉得，唯独这位残疾青年，肯怀着一副狡黠的温情，倾听她的诉说。要是性情开朗的俊二，带着一脸同情，装模作样，忠实地听她讲述，朝子反而不堪忍受。

朝子就母亲如何被火灼伤、自己的成长经历，还有父亲对自己一反寻常的疼爱之情，详详细细述说了一遍。斑鸠一静静地听着，闭着眼睛，似乎睡着了。其实并非如此，他一听完就紧接着说：

“你是在热情的包围之中长大的。但是，你的处世术是错误的。令尊之火，令堂之火，我之火，还有那一位不知从哪来的英俊小生犯傻之火（这一句不能不使朝子皱起眉头），四面八方都被大火包围。或许你以为变成冰就没关系了，这种想法大错特错。冰会被火融化的啊！不论多么厚的冰，哪怕你是冰山。”

“非常可爱的冰山。”

“不要骄傲，哪有什么可爱的冰山。我说过了，你的处世术是错误的。”

“你又想教训我吗？”

“是教训又何妨，只要不是什么恋呀爱呀那就好。你记住，冰是无法抵挡住火的。要想对抗火，就必须变成更强大更猛烈的火，变成足以消灭对方之火的熊熊烈焰。否则，你就将灭亡！”

斑鸠一像平素一样，他用一副预言家的口吻侃侃而谈，那双眸子表示他正沉迷于自己的语言之中。他的语调具有一种魔力。朝子在倾听的过程中，虽然觉得他是无稽之谈，但还是不由自主从原先站着，变成坐在安乐椅的扶手上听了。

斑鸠一伸手揽着她的腰肢。

“可以吗？”

斑鸠一将脸贴在她的大腿上，小声问。

“不行。”

朝子拉起他那无力的手臂，像护士一般，缓缓放回原处。

“你仍然是冰。”

“瞎说，我是火，绝不会融化。”

“什么火，骗人！”

随着这一声喊叫，青年残疾人使出浑身力气猛然跳起，朝子猝不及防，一下子深深陷在安乐椅里，宛如掉进枯草堆。斑鸠一正等待着这样的好时机，他紧紧抱住她的身子，狂吻起来。朝子生来第一次接吻，因事出突然，被抱住的身子不住哆嗦，也忘记了躲开他的嘴唇，震颤的牙齿立即同他的碰撞在一起了。

瞬间，一种临死之前才能看到的过去的幻影，像走马灯一般掠过朝子的脑际。朝子当然也曾有过普通少女的梦。她很早就为初吻做好了各种准备。

那里多半有山和海组成的美好的背景，清爽的空气，紧贴自己脸蛋的热情的青春面孔。面对心爱的男子的嘴唇，她杏眼微饧，等待接吻的瞬间……此情此景，已复习多次，完全变成了“过去的记忆”。因而，这不曾预料的初吻，简直不是初吻，它具有一种一举推翻美好记忆的现实的力量。朝子没有想到，男人的嘴唇竟然如此狂暴，就像一台压路机。

朝子好不容易挣脱男人的拥抱。接着，她慌忙跑到画室的一角。此刻，她似乎记起了昔日的梦境：在这座光怪陆离、五彩缤纷的迷宫式的画室里没有一个出口，被追逐的朝子一时找不到躲藏的场所，她不由得一阵惊恐。

终于定下心来，回头望去，只见斑鸠一低垂着头颓坐在安乐椅上，两手捂住面孔。

朝子想理一理纷乱的头发，她把脸挨近房柱上的镜子。那面镜子十分怪异，镜面满布着血管般红色的裂纹，这是斑鸠一出于自己的奇趣制作的。

朝子怀着急剧的心跳打算离开，一种不可思议的冲动使她很想跟斑鸠一打声招呼，但还是抑制住了。

婆子满脸怪讶地送她走出家门。门外暴雨如注，她撑起雨伞冒着大雨，一路奋然前行。雨水溅了一身，她也毫不在意。朝子苦苦地思考着，满腹的心事却无法同父母商量，眼前的问题毕竟属于个人私事。“我仅仅是一人活着，抑或谁都一样，但我过去从未意识到这一点。”车站附近的酱菜店的店面映入眼帘，透过雨雾，煌煌灯光下红生姜和腌咸菜加工后鲜明的色彩依稀可见。朝子朝那里瞥了一眼，作为抛入这激烈人生中的一员，她蓦地品味到生活中一种可感的值得怀恋的东西。

这年夏天，学校一放假，朝子就急着要去轻井泽。往年，她总是先向东京的同学依依告别，然后才磨磨蹭蹭伴随母亲前往避暑胜地。今年，雨季尚未过去，她就表现出要提早离开东京的样子。

对于依子来说，在同样闷在家中这一点上，东京和轻井泽都一个样。即便在那种交际频繁的避暑胜地，不爱交际的依子，也是谁都不见。鉴于此，她还是经常想去雨冷肌寒的轻井泽。但她正话反说，故意训斥女儿：

“那里有什么好呀？山里，天天下雨，还得时时烤火。去年，天气那样寒冷，听说垣见先生的夫人，整天价一边熨烫衣服，一边用电熨斗焐手，最后那位夫人索性拿电熨斗熨烫脸上的皱纹，听说那些皱纹还真被她给熨平了。”

“不过，那样的轻井泽偶尔去住住也挺好嘛。成天听着簌簌雨声，焚烧着白桦木柴……”

听到这里，依子吃了一惊，她不能不自问自答：

“出什么事了？这孩子和我的兴趣竟然完全一致。平素，她对我的愿望只是一味地嘲弄。”

周伍对这个提案深表赞成。这位罗曼蒂克的父亲，每逢周末，都要不辞劳苦，乘着污秽的火车，去会见女儿。这可以算是他夏日生活中的一种乐趣。

母女两个出发了。每逢和母亲在一起，两个人的话就少了。五个小时的火车，她们一直待在被雨雾封锁的晦暗的坐席上，面对着面，几乎不说一句话。依子总是坐在窗户一侧，将火烫的半个脸朝向窗外。她怕被其他乘客看见。列车靠站时，窗外也有人可能瞅见，依子准备了一块手帕，每当到站，就用手帕挡住伤痕。

朝子眼睁睁看着母亲的一番用心，胸中掠过一丝悲凉。

渐渐进入山道，到达一个小站，碰巧发生这样的事情。

一个肥胖的绅士一屁股杵在依子身边空下的坐席上，碰掉了她手中的手帕。这时，雨中的站台上有个送客的男子，手里撑着伞，正在向窗内窥看。他瞧着依子偶尔离开手帕的那半个面颊，突然现出惊讶的表情。依子不由回望了一下那个男子。朝子假装没看见，谁知母亲蓦地转过脸来，娘儿俩的视线不期而遇。这真是难堪的一幕，朝子不得不承受母亲投过来的怅恨而悲戚的目光。

依子在车上不大读杂志什么的，但无聊之时，也偶尔翻看一下朝子买的电影杂志。她指着封面上女明星的照片，不住挑毛病。

“这就是当今走红的R·C吗？妈妈好久没看电影了，这是在杂志上第一次见到她。这人哪一点好看？瞧这张脸，嘴唇薄薄的。还有一对招风耳，简直就像驴耳朵。”

朝子不知如何应对是好。

依子未经火烫的半边脸孔虽说依然很美，但由于不施粉脂，挽着发髻，一身古旧衣服，打扮得像个女教师。所以，人人都注目于秀美的朝子，不大抬眼看母亲。不过，依子有一种虚荣心，她总是顽固地认为：“只要化妆就会变美，只不过故意不化妆罢了。”

依子的一生仅用“悲惨”一词即可道尽。诚然，她没有尝到过多少生活的苦味，但前半生是在对美的维护与不安中度过；而后半生却生活在美的丧失与绝望之中。就是说，她没有过上一天属于自己的日子。

朝子庆幸依子是自己的亲生母亲，假若是婆婆将会怎样呢？

来到多雨的轻井泽，朝子同母亲一起只过了一天，就已经生厌了。尽管朝子曾想及早躲进山中，以便摆脱自初吻以来同男友们交际过程中产生的恐惧。

轻雾般的雨，模糊了枫叶嫩绿的轮廓。朝子茫然望着窗外，走在雨里没有打伞的外国人，满头妖艳的濡湿的金发，掠过树木间隙，映入她的眼帘。朝子一边凝望一边想象着，那双雾水淋漓的素腕，一旦触摸起来，一定像白桦树的肌理一般冰冷吧？

“好生奇怪，我干吗想这些呢？应该做点儿什么才是啊。”

朝子打算温习功课，总也沉不下心来。

在这个好时机里，俊二的信到达了。这封信是用大号字体写的，文字简洁，纸短情长。

> 你把我撂下不管，一个人跑到轻井泽去，使我感到惊讶。周三下午两点钟，我将乘坐普通快车去找你。根据手相师的说法，自周三开始出梅，进入夏天，我和你一同打网球，那该有多么高兴啊！

信中没有要她到车站迎接之类的话，这使朝子十分满意。

周三倒是个意外的大晴天，白天的阳光酷热难当。

朝子开始换夏装了。她穿着纯白的短裤，骑着自行车，驰骋在含蕴着湿气的火山灰道路上。和她同样打扮的几个年轻人，也骑着自行车，不约而同地从四面八方飞驰而来。众多的自行车越过白桦林和渡桥，沿着轻便电车线路，竞相驶往车站。

朝子在母亲身边度过几天黯淡的日子，今天终于逃脱出来，仿佛奔跑在自己生命的湖心岛上。她那尚未被阳光灼晒的小腿，每蹬一下踏板，便感到一种快意的紧缩。她时时朝自己的两条腿瞟上一眼，就像运动会早晨涂上 Salomethyl[①]，内里蕴积着无限的力量。

到车站等了十分钟，下行普通客车进站了。

俊二穿一身洁白的西装，手里拎一只奶油色的皮箱，快速走出了检票口。朝子一下子冲过去，两人撞个满怀。父亲的一番苦心教导，这时完全不顶用了。

“哦，对不起！”

俊二摆出一副游泳的姿势，朝子笑着说：

“当心身上的东西。”

俊二摘掉墨镜，眼睛只盯着朝子。

“好可怕，你这样看着我，简直就像另外一个人。”

“随时随地改变颜色，我就是变色龙。”

“现在这样的颜色是最棒的。”

她看着俊二，从他的目光里觉察出自己还是很美的，随之放心多了。她很明白，这种丑女才会有的心态，是受了母亲影响的缘故。朝子有一种错觉，仿佛自己的脸上也出现了火烫的疤痕。

万事讲究和谐。

这对情投意合的男女，每天过着符合于轻井泽浮华生活的日子，使得这里的人都另眼相加。也许这是一种容易招人轻蔑的生活，然而，一旦亲自实践起来，不具备一定条件还是不行的。俊二与朝子，都深知他们俩是珠联璧合的一对儿。而且俊二那没有一点

① 一种跌打损伤药，可以缓解运动前后的肌肉疲劳。

阴影、没有一丝含蓄的明朗性格，宛若置于高原上透明的空气中，看上去只会如透明的一样，而不是空洞的。两人在吃点心时，也能很快达成一致意见，尤其令人惊奇的是，他俩的网球技术不分伯仲。他们好比一双鞋，外观上各自独立，一旦穿在脚上，从此就会发挥同心协力的作用。

一天，他们走进昔日M侯爵的府邸。

这里一年前就转手了，买主是一位饭店老板。他曾预告过，要将这里改建成一座饭店，预告说今年夏天开张营业，可是一直没有动手。近来由于不景气，有名的饭店一家家被接收和撤除，饭店业主们似乎不大敢贸然行动。

庭院可以自由出入。因为沿河溯流而上，不多久就能看到岸上深草小径中，那座禁止通行的栅栏枯朽倒塌了，行人可以轻易跨过去。小河在这里人为地转了个弯儿，围绕草坪的斜坡，形成一片沼泽。这里布满野生的菖蒲，长着或白或紫的花骨朵。这种半野生的菖蒲，不开大轮的花朵，只凭细小而繁密的花和叶，覆盖着整个沼泽。

由于长期疏于管理，斜坡遍地杂草，开满了五颜六色的小花。从那里抬头仰望，侯爵家古老城堡式的别墅，因为有了这片草地而显得颇富深趣。

朝子打完网球后有些累了，她躺在斜坡上，吹着凉爽的风，接受了俊二的初吻。

周围没有一个人影，趁着这个时候，俊二若不上去接吻，真是辱没父祖的声名。于是，他吻了，朝子也接受了他的吻。

朝子做了个梦，在美丽如画的小型人工风景中，一位美青年，那套动作如梦如幻。

洁面后用的润肤水的清香靠近了，西班牙骑士般的侧脸靠近了。嘴唇由于不自然的接近，有些濡湿了。青年的脸孔犹如面对食饵的饿犬，天真地微微歪斜着脑袋。

朝子闭上眼睛。

然而，这并非最初的接吻。虽然谈不上什么重大的过失，但由于有了斑鸠一的吻，这第二次接吻变了质，全然跑味儿了。于这种仅仅是梦的延长的理想背景之中，那种不容分说的现实力量的魅惑，早已消失殆尽了。朝子如今所做的，只是极为观念上的接吻。这样的接吻，对象是不是俊二都无所谓，只不过是模仿梦境的不诚实的接吻。

俊二有没有感觉到这一点呢?

不过，俊二有着一副不拘小节的性格，他似乎认定这就是世上常有的一种接吻。他心满意足，朝子略带轻蔑地看着他的表情。

“我说，”俊二紧追不放，他学美国人的一套做法，说道，“咱们订婚好吗？”

“这和求婚不同呢。哪点儿不同呢？”

“我可是认真的，你不要嘲笑我啊。我决心从结婚最初阶段起，就要踏踏实实地进行下去。”

“回家后，我会像准备考试一样，彻夜思考一番。做女人就是吃亏，在学校以外的地方，还得面对这种令人伤脑筋的难题。”

朝子本打算等俊二一说完就断然回绝，但转念一想，实在找不出任何回绝的理由。

“就在这儿好好想想吧，不懂的问题，我帮你解决。”

朝子暂时沉默不语。她凝神眺望小河岸边那条弯曲的小路的远方。

此刻，朝子感到一阵惊慌。

她发现那座枯朽的栅栏旁边，斑鸠一拄着拐杖站在那里，呆呆地望着这边。

那不是幻影。斑鸠一因为腿脚不灵，看来很难跨越栅栏。他不住用拐杖狠狠地捅着栅栏。他猛一抬头，正同朝子相对而望，连忙躲了起来。

“好奇怪的人。”

朝子的感觉如此冷淡。然而，由此引起的反应却转向了俊二。

她随即仰望着俊二的面孔，说道：

“答案想好了。”

“这么快？和我的答案一致，才算对。”

“是一致啊。”朝子不安地低下眉来，“不过，你可要紧紧抓住我啊！”

“当然抓住了。不过，这可不像是你的话，好像是干了什么亏心事似的。”

“……亏心事？”

朝子非常礼貌地笑了。

第七章

不知打何时起，依子和斑鸠一开始交往起来。这是一种诡秘的交往，弄不清斑鸠一是怎样接近依子的，依子的面色因此而开朗起来，仿佛一切又复活了。

依子每每在早晚行人稀少的时候，趁着雾气迷蒙的天气出外散步。除此之外，一概关在家里，将报纸和周刊读个遍。这个似乎死去的女子，来到轻井泽后食欲大增，朝子见了大惑不解。

斑鸠一瞅准朝子不在家时来访。越过院中的落叶松，透过花边窗帘，听听两人的谈话吧。

“……光是这些吗？”依子用初见老衰、静脉凸起的干枯手掌，紧紧握着早已喝干的红茶茶碗，问道。

“还有好多呢。所谓一条坏消息，牵连着十件坏事。只要一只公鸡叫了，那无疑就是快要天亮了。”

斑鸠一面向里边，我们只能看到他披散着长发的颈项。

“总之，你要帮我搜集各种证据，我要好好守望着大潮来临，就像流水渗进沙滩，点点滴滴，将痛苦慢慢注入他的肌体。为此，可以等待他心情到达快乐的顶点，再下手也不迟。”

依子的嗓音铿锵有力，一反寻常。她那专为阐发不平和怨恨的樱唇，重新焕发出青春的红艳，两只眸子又恢复到悠然漫步于欧洲社交界中心的那个光辉时代。

周伍在一个周末来到轻井泽。他从朝子那里得知订婚的事，听说对方是永桥俊二，立表赞成。并且立即邀请俊二和朝子到万平饭店吃晚餐。考虑此事不同寻常，他要依子一同出席，依子坚决不肯。按照周伍的想法，还是让这位未来的女婿，早些了解家中的悲剧更为好些。

“你不是没见过那个青年吗？”

“见过，他经常约朝子外出。”

“说过话了吗？”

“没有，只是从窗户里看到过。我跟朝子说了，我不愿意同他见面。”

“那么，朝子和那位青年订婚的事，你的意见如何？”

“婚姻之类的事，我一概不管。她是你的宝贝女儿，一切由你决定好了。”

虽然是在这些不太舒心的事之后用的晚餐，但听他们饭桌上的对话，周伍对俊二似乎愈发满意。这对青年男女堪称世上最为理想的配对，这位罗曼蒂克的父亲，也被这美满的一对儿迷住了。

即便对于周伍来说，如此简单地一口应承下这门婚事，他自己也觉得过于轻率。有必要和对方的父母商量一下，在那之前，我也就默许了——周伍是这样说的。也就是说，周伍是打内心里倾向于赞成的。

他尤其佩服女儿富于理智的处理，表面上看，他们是恋爱结婚，但周伍认为朝子是经过深思熟虑之后才决定同他订婚的。等到他见了俊二的父亲，知道这位父亲对俊二的将来抱着期望，同时又享有一大笔财产之后，周伍越来越觉得女儿的选择正合自己心意，因而感到很高兴。

如此热衷于培养理想女性的男人，不太容易承认一个女人内心的热情，这究竟是为什么？周伍看到女儿没有被热情迷住双眼，甚为欣慰。周伍所给予朝子的崇高教育、生活的审美意识、优雅的体态……所有这一切，为了长期保持下去，必须有个风姿韶秀、心怀宽容的年轻伴侣，而且首先要有钱。朝子立身处世，对这一点十分清楚。

没想到，朝子在答应俊二求婚的第二天，就后悔了。孤枕难眠的夜晚，总也合不上的双眼前始终闪现着那位残疾画家傲慢的身影。

“我恋爱了！”朝子不由打了个寒噤。“那时，我答应他的求婚，完全出于一种微妙的心理动机。当那个面孔苍白的人，拄着拐杖出现在枯朽的栅栏旁，满怀深情注视着这边的时候，突然袭来无名的恐惧，我想逃脱出来，寻找另外的寄托。就这样，我答应下了这桩婚姻……可现在，我的眼前一直闪现着那位可怜的画家的姿影。不幸的人！给了我初吻的人！”

朝子想会见斑鸠一，她有话对他诉说。可是自那以后，斑鸠一再也没有露面，他定是回东京了吧？朝子把一切都归罪于自己，她连写信的力气都没有。朝子做梦都未曾想到，当自己不在时，斑鸠一极其诡秘地前来同母亲依子幽会。

接下来周末，周伍又来轻井泽，他看到女儿突然的变化，大吃一惊。女儿美丽的眼神黯淡得厉害，面颊上带着忧愁的暗影，轻度的感冒使得嗓音也有些嘶哑了。

与此同时，周伍看到依子心情舒畅，深感不快。莫非女儿的婚事使她感到高兴？但依子从未直接流露过这样的喜悦。因此，周伍觉得这其中别有缘故，说不定是一种不祥的预兆。

周伍约请女儿及其未婚夫三人一同骑马散步，他提议到千层瀑看看。

“我想和爸爸两个人去。”

“怎么，你们吵架啦？”

“没有，我们每天一起打网球、跳舞，今天很想同爸爸一起玩玩。怎么样？”

“嚄，你倒有这份孝心啊！”

女儿的话，说得周伍满心高兴。爷儿两个换上骑马服，前往马场，租了两匹性情驯良的马。周伍骑马的姿式宛若退役军人，英姿焕发，半白的头发在高原的阳光下熠熠生辉。朝子不着长靴，只穿一条做工精良的淡褐色马裤，上身是一件粗针大线缝制的简朴的蓝衬衫，脖子上缠着一条丝巾。

周伍领头走了一会儿，朝子跟在后边，相差半匹马的距离。这样的间距不便于交谈。即便如此，女儿完全沉默也还是引起了周伍的注意，他不断从马背上回头看女儿，朝子始终保持着这样的距离，不紧不慢地策马前行。做父亲的，也只能瞧着马鞍上女儿跃动的身影。

一辆巴士驶来，头戴白色学生帽的小学生们，从所有的车窗内探出头来。周伍勒马放慢速度，靠近路侧。车子扬起的灰沙包围了周伍，他趁此呼唤着女儿：

"哎，在这儿歇息一下吧。"

"好的。"

两人拐入小径，将马拴在树林中，在草地上坐了下来。周围小鸟鸣啭，擦把汗静静歇息一阵之后，周伍凭着父亲敏锐的直觉，直截了当地问道：

"朝子，你恋爱了吧？"

朝子随手拔下一棵青草在手里揉弄着，抬起目光黯淡的双眼瞧着父亲，应道：

"是的。"

此时，周伍要是问"是谁"，朝子也许会直接说出斑鸠一的名字。果真如此，说不定会避开危险也未可知。

可是周伍所传授的那一套"教养"，也同样束缚了他的手脚，使他们父女之间的对话，也不能像乡言俚语那般散漫不拘。对方的名字肯定是俊二无疑。若问"是谁"，岂不野俗？因此，他没有再追问。

事实上，突然禁锢他的嘴巴的，是这位初老男人某种使自我迷茫的感情的力量。他不愿亲口提到俊二的名字。此时的周伍，心中涌起一股嫉妒。

上周在万平饭店，他所看见的朝子，是一副超然物外、风姿绰约的贵妇人姿态，而这个周末，他眼中的朝子，却变成了情感的俘虏。

“我心里充满嫉妒。”

想到这里，周伍不禁愕然。

于是，固有的理性立即前来助阵，他劝戒自己，切不可学世上那些愚蠢的父亲，出自一种无意识的嫉妒，妨碍女儿终身大事，以致酿成不幸。话虽如此，周伍亲眼看到热恋的朝子而引起的恐慌，犹如面临悬崖一般，这也许是他一生中初次品味到的强烈感情所致。

“我必须控制这种感情。”

周伍忖度着。他思虑半晌，接着问：

“唔，那么你说说，这种恋爱不会酿成什么不幸吧？是一定会幸福的吧？”

“会幸福。”

女儿的谎言刺疼了父亲的心。

“到底怎么了呀？前一阵子，你看起来是那般冷静和幸福，这回看到是你为情所恼。不过，你因此变得更加美丽了（事实上，周伍强烈的嫉妒，针对的或许是女儿的美并非自己所造就，而是他人所造就）……对了，今晚见到俊二君，不妨问个明白。”

“啊！这样不行，这事不能这么办。”

周伍从未听到过女儿如此痛切的叫喊。

“为什么？”

“不为什么，这件事千万不能这么干。说定啦。”

这个礼拜天已经是晚夏。性急的别墅业主及早歇业，白桦林深处可以窥见封闭的门扉。门口的信箱犹如没有鸟儿的巢箱，悄然而在。归途中，马背上的父女各怀着不同的心情眺望着这一切。

木宫一家离开轻井泽。

依子等待着。自打那次大火烧伤之后，依子从未如此期待丈夫的回归。

她觉察丈夫摇摆不定。依子很清楚，丈夫处于一种难言的不安之中，他孤独，谁也不愿搭理。可以说，这位尘封的女子看人的眼光仿佛长人一倍。依子发现，周伍似乎是个堕入情网的少年，这位日渐冷静的男子，看到自己的观念无法改变世界，立即陷入感情的泥沼之中。

“不久他就会来找我商量，除此之外他无路可走。”

依子心里充满自信。

朝子一边上学，一边经常去会俊二。奇妙的是，她和他的交往，令她始终带着得救般的明朗的容颜。假若爱上了斑鸠一，就会厌恶同别的男人亲近，订婚的事实也就成了沉重的心理负担，不是吗？可是就像父亲所教导的那样，同年轻的未婚夫共演一出交往的戏剧，成为生活中唯一的慰藉。朝子心灵空虚，眼中没有喜色，但嘴边不住含着微笑，轻松地谈着话。她在俊二身边，扮演一个彬彬有礼的姑娘，瞒天过海，惹人艳羡。此事令这位硬心肠的俊美的女孩儿兴味十足。

朝子回到东京，立马秘访斑鸠一的画室。他不在家。据婆子说，自打轻井泽回来，立即到远方旅行，说是到年底才能回来，至今去向不明。

于是，朝子每当从莫名的罪恶感和对那位枯草丛中倚杖而立的孤独男子奇妙的爱心中逃脱出去，沉溺于昏庸的交际世界的逸乐之中时，不能不抱有如下想法：

“爸爸教我的一切，仅仅是心灵上形式化的生活作风，而现在却成为我眼下唯一的支柱，真是奇妙。”

她成了夜总会的常客。每到十一点半，她一身良家女子装扮，蹙眉而起，示意俊二开车送她回家。于是，这位幸运的司机，无条件地绝对服从朝子的命令。

他一度在回家的路上，将车子开到自己想去的地方。受到朝子一番责备。她女教师一般，轻轻拍打着他那握着方向盘的手背，说道：

“结婚前不行。我不是美国少女，我是传统派。你要是强迫我，我也许会自杀。”

第八章

九月下旬的一天，暑热好不容易消退了。

夜里，周伍从公司下班回家，看到依子早已换上睡衣，正要回到二楼卧室去。他难得地在楼梯上把她叫住，问道：

“朝子呢？”

“她还没回来，可能又和俊二去夜总会了。看来，婚约期间很忙。”

“关于朝子的事，我想跟你商量一下。”

依子不由笑了。这一瞬间让她等得好苦。

她两只手扶在桃花心木的栏杆上，扭着身子，面对着丈夫。看样子，她很乐于采取这种不稳定的姿势。

“朝子的事，也就是说和俊二有关？”

“可以说是的。”

周伍将一只脚踏在第一级楼梯上，一只手烦躁地抚摸着拟宝珠柱头。

“俊二已经有了一个五岁的孩子。想必那边已经全都安排妥帖了吧？”

“什么？”

周伍摇晃了一下，僵直地站在那儿。

“哎呀，这事你不知道？”

依子说罢，登上楼梯，她知道丈夫一定会跟上来。

周伍坐在依子的卧室里，久久不肯离去。这种事儿，好几年都没有出现过了。依子悠然地品味着胜利的喜悦。感情上的恶作剧，早已失去必要，她只需将那位奇妙而热情的密探——斑鸠一暗中搜集来的资料，像老僧数落古刹珠宝一般，一一对丈夫说明，这就够了。

听着听着，这位可怜的父亲，联想起晚夏的轻井泽，朝子痛切的叫喊突然打断他的提议。如今，这喊声又在他的耳畔震响。

“啊！这样不行，这事不能这么办。”

朝子自从表现出那种突然的变化，想必她对俊二的秘密已有些耳闻。难道朝子真能超越那样的痛苦吗？那个心高气傲的姑娘，仅仅为了爱情，就敢于同屈辱战斗吗？如今，那女孩儿正愉快地依偎在情郎身旁，星眸微启，坐在夜总会的椅子上吧？她的那颗心不住受到嫉妒和屈辱的折磨，却又无法离开那个男子。她只好保守秘密，佯装不知，又不好正面责问那个男子。对于周伍梦想中朝子的未来来说，这真是一次彻头彻尾的悲惨的蹉跌。

依子冷静地将孩子和女人的照片、信笺等资料全都摆出来，都是些残酷的事实，她用一副路边小贩的嗓音说道：

“呶，这是五岁孩子的照片，不愧是父亲血脉，长得很可爱。这个，是母亲的照片，据说是一位在酒吧工作的女士（依子故意用了“女士”这一尊敬的说法）。她是俊二去国外一年之前结识的……还有，这是另一个女人的照片，刚从美国归来，就立即搞上了。还有一个女人，另外……”

周伍忍不住心头火起。

“你为何要搜集这些东西？”

其实，这恰好是依子等待已久的问题。

“为了朝子啊，这也是身为母亲的义务。做父亲的一个人哪里照顾得到？首先，朝子是个受到偏颇教育的女孩子。”

周伍久久沉默。依子乐意看到丈夫的沉默，她一点儿也不害怕。因为她很清楚，这个打击使得周伍连发怒的力气也没有了。

“明天朝子打算做什么？”

“听说要去参加朋友的生日茶会。”

第二天是礼拜天。一个仿佛又回到夏季的闷热的日子。从早晨起雨一直下下停停。一个转瞬，酷烈的阳光照射在庭院中湿漉漉的草木之上。

朝子一心期盼着想知道，斑鸠一是会轻易放过她的这桩婚事呢，还是怒不可遏地出手捣乱。即便毫无结果，她也要再度访问他的画室。于是，她借着出席朋友生日茶会的名义，换上礼服，下午离开了家门。

“那个可怜的人儿，因为我，致使他的生活和工作变得一团糟。”

比起这个，俊二做出了何种牺牲呢？俊二同朝子的结合，除了俊男配美女这个干瘪无味的定评之外，其他还有什么意义呢？

朝子依偎在俊二身边时，从未忘记自己的美貌，一旦想起斑鸠一，就立即忘掉一切。长久的思虑甚至使她做出这样的狂想：要是自己也被汽车碾成瘸腿，那才幸福呢！她登上画室所在的斜坡拐角处，一辆高级轿车没摁喇叭突然驶过去时，她真有想过要是撞上了该多好。

画家阴暗的家中寂然无声。婆子满含凄凉地反复唠叨：

“他还没有回来。究竟到哪里去了呢？我成天价为他担着心哩。”

“我一定要见他，能不能想个办法？”

“这个嘛。”

此时，朝子敏锐的耳朵听到一声熟悉的响动，那是画室里传来的，是小椅子的摩擦声以及站立起来时假肢发出的刺耳的机械声响。

“他在家！”

她连忙脱掉鞋子，走了进去。

“不行，不能进，小姐！”

看到这拼命要阻拦的模样，她明白了斑鸠一在家。

朝子拉开画室的门扉。

强烈的阳光透过玻璃天棚的帷帘洒满房间，斑鸠一持杖立在屋子中央，稍稍歪斜着身子，问道：

“你来干什么？我对你没有什么用了。”

朝子反手关上屋门。

“我有事找你。”

“你还是那么任性。”

朝子径直走向斑鸠一跟前。

“说吧，什么事？”

“我想见你。”

看到朝子泪眼蒙眬，斑鸠一面带惊讶的神色。

“你可别吓我，到底出什么事啦？”

同周伍教导的礼貌规范正相反，朝子激烈的表情出现在脱去美丽的能乐假面的脸上。然而，正因为表现得如此率真，使得朝子显示出绝世的娇媚之态。

“我已经喜欢上了。”

残疾人伸出手臂，抚摸着朝子的肩膀。

“怎么回事？喜欢上谁啦？”

斑鸠一对朝子未作任何回答的沉默甚感欣喜，他亲切地说道：

“不要说傻话了。世界上不会有那样的事。”

朝子默默凝视着斑鸠一的胸脯。画家猝然像老鹰展开羽翼，捕捉小鸡似的紧紧抱住面前的女人。紧接着，自朝子的樱唇至整个脖颈，风暴般地一阵狂吻。

永桥俊二不久接到未来岳父木宫周伍的电话，命令他午后务必到木宫家来一趟。这青年并非是个轻易服从的主儿，但由于生性随和，还是答应了。周伍说要派车迎接，但俊二自己开车前来。

昨晚没有睡好的周伍，两眼泛红。太阳穴一阵阵刺痛，双颊也时时发生痉挛。他示意不要让依子进入客厅，用人上茶后，没有他的召唤不许进来。

俊二冒着暑热轻松地上路了，他只穿一件高级的T恤衫。由于改变了计划使他满心不快，所以故意用这身打扮来见周伍。

凸露出坡顶的木宫住宅的房顶，在夏日的阳光下，看起来，黑魆魆一派阴森。俊二边驾驶车子边透过轿车的前窗凝望着，有了不祥的预感。他觉得，那里与其说是朝子的家，毋宁说是那个面颊印着疤痕的歇斯底里的女人及其伪君子丈夫居住的黑暗的城堡。

他被引入这家唯一的西式房间——二十铺席晦暗的客厅。这座完全遵照周伍的喜好统一布置的房子，在这位美国归来的青年眼里，只不过是故弄玄虚，是对那种发霉的维多利亚王朝建筑的滑稽的模仿。青年忖度着，等周伍死后，他将劝说朝子将这座老宅子卖掉。俊二是精神分析的信徒。他坚信，任何妄念只要经过分析，都会烟消云散。一心留恋这些家具，在他看来也是一种妄念。

平素难得见到阴沉着脸面的周伍出现了。他穿着和服，手里拎着一只特大的牛皮纸资料袋。俊二看见端茶进来的小姑娘瞥见周伍，像蓦地吹灭的烛火，表情黯淡地迅速退出客厅。

主客分别坐下，默默相视。突然，周伍将牛皮纸袋里的照片和信笺，胡乱倒在绣花桌布上，问道：

“这些是什么？”

衰老的手因激动而震颤，刹那间，俊二想起百老汇剧场前，双手哆哆嗦嗦摊开伪劣珠宝的老古董商人。

俊二看着，立即察知了这些残酷资料的意义。他不由一怔，但丝毫不感到愧疚。他早已在心中打点了一番，只是故意做出看上去很夸张的感慨。令他惊讶的是，这些东西怎么会在这里？

青年狡黠地笑了笑，他明白，这个时候此种微笑比起凄凄惶惶更具有青春的感召力。

雨来了，窗户上蒙上白茫茫的水雾，但周伍不想去关窗户。青年轻快地站立起来。

“要关上窗户吗？”

“不要！就那么放着。”

过了一会儿，青年用有些过于明亮的噪音说：

“我打赌，我一定使朝子将来幸福。我有这个自信。”

“自信？具体怎么办？朝子总不能立即去当五岁孩子的母亲。”

“那一方可以用金钱解决。这一点，我父亲也应允了。”

俊二口里吐出所谓“金钱解决”的时候，这个词儿似乎没有那么卑贱的铜臭，他只不过模仿自己十分了解的父亲的口吻罢了。况且，到了这个年岁，又恰是什么都想学得老成的年龄，俊二使用“金钱解决”这一说法，让他感受到自己是在与大人交谈。

周伍听到这个轻薄的年轻人口里吐出这个卑贱的词语，不由一阵颤栗。他鄙视俊二的“人格”。来自欧式教育的伪善的精神主义，又在这位实业家心中“昂首挺立”了。

“竟然是这一类人。我对此毫无所知……”

周伍忿恨难平。周伍本是一位善于掌握女人心情的恶魔的阴谋家，但他自愧于对年轻男人的心理一无所知。这位女性崇拜主义者，从未对年轻男人抱有任何关心。

周伍看着这位青年被华美花纹的T恤衫罩住的胸脯，认为也是出于世间恶趣，一阵恶心。

“这副打扮，完全是在寒碜我呀。况且，那个推销员一般的粗野的胸膛，竟然也拥抱过朝子。”

周伍想到这里，眼前一派漆黑。他感到，自己正在同那些充满恶趣、行为低劣的现代风潮作战。

他鹦鹉学舌一般苦苦地重复着那句话：

“金钱解决……金钱解决……可是，朝子不能因此而得救啊。”

“老伯（他这样称呼）怎么也糊涂了？一个独身男子，尽管有着各种各样的行为，一旦结了婚，自然也就开始了另一种新的生活，不是吗？”

周伍的辩白连他自己也觉得古板：

“我本打算将朝子送给一个纯洁的你啊。”

“纯洁？”俊二再次强忍住冷笑，“您该不会把我当成初中生吧？”

“朝子为你而恼恨。她已经够苦的了。”

“不会吧，老伯，您把这事儿对朝子说了？”

“我没说，也不想说。但凭我的感觉，她都知道了。”

“我全懂了。那么，您找我来有何事？”

“我要你解除婚约。”

“这是朝子小姐的主意吗？”

“我还没同朝子商量。”

“那不是胡闹吗？朝子绝不会赞成解除的。”

“为什么？”

“不为什么，只因朝子小姐爱我。”

周伍脸上出现了无可名状的苦恼，过了一会儿他说：

“这我知道。”

“既然知道……”

“不，朝子不能与会在这样的事上沉沦的姑娘混为一谈。她是我倾注全部精力养育大的女儿。可以说，这孩子是我打造的一件艺术品。为此，我在她身上付出多少心血，这是你们这些人无法理解的。”——他的眼睛突然闪亮，单刀直入地逼问青年，“你真的将朝子……”

“这个您放心，绝对放心。您问问朝子便知。”

看到对方过于激动，俊二反而冷静了，洋洋得意地回答。对这种正大光明的答案，俊二感到满心的宽慰。他暗暗怀着恶作剧的心理，打算对周伍孩子般的罗曼蒂克狠狠嘲弄一番。但一味自我陶醉的周伍，却没有识破俊二的此种用心。

“总之，朝子必须幸福。因为我塑造的是完美的女性。那孩子一旦陷入不幸，就意味所有女人都会陷入不幸。那孩子是这个世界上幸福的榜样，我要使她终生躲过任何的悲哀和痛苦。即使那孩子的幸福罩上半点儿阴影，我也不堪忍受。”

“其实，我所交往的女性都曾经是幸福的，现在依然是幸福的。我使她们具备了这样的能力，即便处于痛苦和悲伤之中，也能马上找到幸福。即便是五岁孩童之母，她的后半生也将会于不幸之中迎来幸福。”

“你的一厢情愿，我决不答应。”周伍提高嗓门，“只要关系到朝子，我决不答应。那种扭曲的所谓幸福，和我所说的幸福截然不同。”

“要是朝子小姐答应了，怎么办？”

“朝子？不可能。”

“朝子小姐会答应的。因为她爱的不是老伯您，她爱的是我。”

“什么？”

“瞧，嫉妒了吧？”

青年四两拨千斤一般地应对。他想，被精神分析法激怒的人，还算什么现代人？他从礼节上将周伍当成现代人，但必须把这种关键性的分析，明明白白送进周伍的耳鼓。俊二尽量带着一副亲切的表情，他的脸上没有一点儿恶意，如果说英俊是个缺点，那么他最大的缺点就在这里。

“您服了？我一开始就觉得有些蹊跷。老伯的感情并非父女之爱，你爱朝子小姐，朝子小姐爱我，这只不过是极普通的三角关系罢了。”

“满口胡言，你！”

周伍愤激地吁了口气。如此的暴怒，使他显得比俊二更像个青年。

周伍有一套关于人生的重要思想，尽管这种思想为世人所耻笑。但是，对于眼前这位青年来说，这个世界没有一件堪称重要的事情。

俊二善意地微笑着。

“青春必胜，老年必败。这是我在美国亲身体验的真理，可这位老人却不肯承认。我对这位老人不抱任何敌意，我怎样才能使他明白这一点呢？”

然而，这位美青年缺乏充分思考的习惯，只顾滔滔不绝地说下去。

“我不打算跟老伯您吵架，我只想告诉您，朝子小姐是会跟我来的。”

“眼看就要堕入不幸。”

“是走向幸福，没错。”

“那孩子不是为了受到伤害或陷入泥沼而来到这个世上。”

“您要是这么说，那么从别一种意义上讲，可以说她如今早就陷入泥沼了，不是吗？”

“你说什么？”

“她在父亲执着的情爱之中长大成人，已经弄得浑身污泥，我要把她从泥沼里拯救出来。”

“你是个卑鄙小人！一文不值。你哪里懂得什么纯粹的感情？”

“您那是纯粹的感情吗？我说句公道话，您的感情很不纯，甚至是不干净的痴情。”

周伍满脸通红，愤然而起。俊二不由大吃一惊。因为这位青年将率直看作是一种美德，所以他无法理解，美德竟然可以使人大发雷霆。总之，他摆好了架势，要是动起手来，他一拳头就能将对方打翻在地。

周伍关于自己本人以及妻子，进而推及女儿，有着一个小小的审美方面的梦。如今，这个雕花玻璃般的美梦被打碎了，他还不明白这满腔的愤激正是由此而来。他的梦平和而有序。周伍完全可以在梦中沉湎不醒。

他的嘴唇不住颤抖，激烈跳动的心脏几乎冲到嗓子眼儿，理性全然丧失。

周伍举起拳头。他生来第一次做出这样的动作。

青年站起身，后退了几步。

“滚出去！给我滚出去！”

周伍大叫。

俊二口角浮现着微笑，走出房门。

凯迪拉克的发动机声从门前渐去渐远。周伍眼前一黑，倒在地毯上。

依子极其冷静地给斑鸠一打了电话。

“丈夫终于倒下了。朝子在你那里吧？请你赶快带她回家。”

斑鸠一接到电话，面色苍白，他站起来催促朝子快走。他的拐杖不断杵向前方的地面，急匆匆下了斜坡，那步伐简直不像是残疾人。

“出了什么事？干吗这么急？”

朝子追问着，斑鸠一没有回答。

叫了一辆出租车，不到十分钟就抵达木宫家。两人发现周伍躺在长椅上，医生正在给他注射。

朝子险些倒下，斑鸠一一把将她扶住。依子见了，用冷静的语气呼唤着朝子的名字。

“朝子，你不能倒在他怀里。看来，我的感觉没有错，你果然在他那里。我可不是嫉妒你啊。”母亲温存地抚摸着女儿的胸口。

“这个人不适合你。他非常适合我。朝子，我现在实话对你说，自打轻井泽以来，他一直是我的情人。”

朝子本能地挣脱身子，看着斑鸠一。斑鸠一不看朝子，他甩开拐杖，波浪般地一瘸一拐走过去，他挽起依子的臂膀督促道：

“夫人，有话慢慢说，别太激动了。”

“可不是嘛，我已经同你多次提起过了。朝子，你不觉得我们很相配吗？你看看我的火伤。”

她走到晚霞辉耀的窗边，将葡萄色的火伤疤痕正对着太阳。

医生怯生生地站起来。

“诸位少安毋躁，先生已经脱离危险。他是一时太激动，心脏承受不住而发病的。”

“怎么样？我早说了。”依子出言似冰，“这个人不会死的。大不了，他是假装死，好让我们放心一下。啊，真滑稽！”

依子非哭非笑发出一声胜利的呐喊，偕同斑鸠一一起离开屋子。

朝子低头瞧着父亲的脸庞，只见他茫然地睁着两眼。那双一直追逐朝子的眼睛，犹如两个小小的水洼，在朝子的眼下无力地闪着光亮。

“已经没问题了吧？”

“没问题了。”

医生回答。

“请到那边休息吧。”

朝子镇静地说。她向女佣递了个眼色，示意她陪医生到别的房间去。

窗外夕阳如火。庭院的绿树映着太阳，耀目争辉。朝子拉上花边窗帘，来到父亲身旁，双膝跪在地毯上。

“原谅我吧。”周伍也不看朝子一眼，他用浑浊的嗓音低声说，“我拆散了俊二君和你之间的关系。我就是因为这个而过于激动晕倒了。原谅我吧，我使你变得孤零零一个人了。”

朝子正承受着别一种感情的打击，她无暇考虑父亲的误解。尽管父亲想得太过分了，但有一点正像他所说，朝子变得孤零零一个人了。父亲尚不知道另一个丑恶的败局，朝子也不打算告诉父亲。

“原谅我吧，我知道你深爱着俊二君。但我亲眼看到俊二君陷你于不幸，我便拆散了你们。”

朝子感到有些不解，她觉得父亲和自己简直是殊途同归。当下，她所承受的丑恶的打击，并未使她受到任何伤害。她感到一个永远不死的崭新的朝子又在自己体内诞生了。朝子已经化为一名大理石般强固而澄明的宁馨儿。

“爸爸，看看我。”朝子说，“我一点儿也不怪您。我……”

周伍抬眼望着女儿。

朝子满面红晕，眼睛美丽而又明亮。窗外的夕风微微吹乱了她的头发。在周伍眼里，朝子完全是一位女神。

周伍沉浸于莫名的平和之中，僵硬的舌头放松了，也敢于凝神打量女儿了。

“终于只剩下两个人了。”

周伍嘴里嘀咕着，朝子跟着重复了一遍。然而，同样的语言，在女儿嘴里却有着更为深刻的余韵，使得周伍心中充满神秘的幸福感。

“嗯，终于只剩下两个人了。”

接 吻

诗人A习惯于用鹅毛笔写诗。他在晚上就寝前写诗。提起抒情诗，自古都是歌颂恋爱的，他如今写的诗，无疑也都属于这一类。

月牙儿沉落在远方的山林，
那形状多像你微笑的红唇。
你的红唇在树林那边微笑，
啊，那遥远的山上的森林。

稀疏的树木像一枚枚绣扇，
透视着你那笑吟吟的红唇。
扇子呵……

这位诗人究竟在想些什么呢？

今夜，哪是什么月牙儿，而是少见的皎皎圆月。首先，拿扇子作比喻倒是令人大惑不解，眼下是秋天，随着夜晚的来临，写字的手背也感到寒凉。

性急的诗人写些与当下的季节不合的诗句，倒也不会引人注意，但“扇子呵……”这么一停顿，整首诗都像是破旧的秋扇，成了过时的东西。况且，这位诗人不是那种所谓“有才能”的诗人，到了秋天就专写秋天过日子。他写起诗来，冥思苦索，鹅毛笔一直抵在嘴唇上。

他的动作很突然，似乎用这种动作激发灵感。然而，出来的不是灵感。光洁的鹅毛在唇边湿润润地滑过，于是，双唇上产生一种微妙的飘摇不定的甘美的感觉。

他突然从椅子上站起来，心神不宁地环视周围。他烦躁地重新将扔在桌上的鹅毛笔拾起来插进口袋。他踢开滚落在地板上的威士忌空酒瓶，走向窗边。他打开那扇小小的窗户，眺望郊外电车路口闪烁的信号灯。诗人仿佛下了决心，他一把扯下墙上的风衣，两手胡乱插入袖筒，满头乱发也不梳理一下，只对着那歪斜的镜子瞅了半秒钟，飞也似的跨出房门。

满月的夜晚，这一带大街已经寂静下来。飘浮的云层经朗月雕镂，看上去玲珑剔透。诗人边走边想，这炫目的月光定会有X射线的作用吧。它只能清晰地照出人心所在，但不能治疗任何疾病。

他开始攀登一座斜坡，房子就在坡顶上。

一位稍稍与众不同的小姐住在坡顶的房子里。她自称是画家。她有个奇怪的习惯，只在夜间挑灯作画。的确，夜间的水果之类看起来滋润，就像女人。

她有很多男友。这些男友对她唯命是从。为了给夜访的朋友提供方便，画室通往庭院的门扉绝不上锁。但是只要她冲那些男友说一声“回去”，他们就立即回去；叫他们“住下”，他们就睡在她用画室的椅子排列而成的摇晃不定的板床上。也许有人会想，干吗说这些有失礼貌的话，（不是说坏话，还请谅解），她是个身心纯洁的小姐。

推开低矮的白漆大门，便听到露滴似的铃声。庭院里开满波斯菊和大丽花。夜里的波斯菊，紫红的花朵看起来漆黑一团儿。

画室的窗帘拉开了，小姐窥视着庭院。她面庞暗黑，只有头发的轮廓令 A 感到目眩。她看是 A，主动走去打开大门。

“……现在画静物画呢，真有意思。你在干吗呢？快进来呀。”

“晚上好。”诗人傻乎乎地打了声招呼。

画室里格外明亮，桌上那眼熟的不锈钢咖啡壶，光洁冷艳，熠熠生辉。另一张桌子铺着故意弄皱的粗格子桌布，胡乱堆满了苹果、梨子、青橘、柿子和葡萄。

“至少要画好一幅苹果和梨子，怎么样？拿去当作水果店的广告。”

诗人若无其事地开着玩笑，随后便将他从自己家里小心翼翼带来的一包什么东西，轻轻放下来，仿佛一不注意，就会打个粉碎。那包“什么东西”，他也不知是什么。不过有一点，他确实变得有些气急败坏起来。

“你这个到处行骗的蹩脚诗人，你的诗送给殡仪馆作广告人家都不要。”

小姐垂下那一不留神就皱成双下巴的柔软的下巴颏儿，一边笑一边给他个迎头痛击。她坐在低矮的三脚椅上，左手指勾着颜料盘，继续画着水彩画。在诗人看来，就像小学生的绘画，既天真又丰富。然而，从美这一点说，不管怎么看，还是比不过白搪瓷颜料盘上彩虹般的颜色更美。而且，瓷盘眼里突露出的玫瑰红的鲜活的指头，更增添一层色彩美。

诗人趁着小姐全神贯注画画的好时机，滴溜溜瞅着她低俯的芳唇。那芳唇比任何水果都更加馥郁馨香。她能答应我吗？哪怕仅仅一秒钟的接吻也好。接过吻我就立即逃掉。

小姐好像对这位尴尬的客人头疼起来，调起色彩来焦躁不安。绘画丝毫没有进展。看样子她有些歇斯底里，尚未濡湿的笔，蓦地放进嘴里咯吱咯吱地咬起来。于是，绘画又停滞了。她将笔尖猛地从牙齿之间抽出，无意识地开始抚弄着双唇。

诗人不由露出陶醉的表情。

小姐面对前方，稍微带着沙哑的嗓音发话了。不知何时，笔尖儿蘸着红色正涂着苹果肉。

“来做什么呢？这么晚。”

“诗……关于诗，总也写不好啊。”

“我也一样。不过，还是各自分开，单独一人才能写好。你还不回去吗？”

她带着特征鲜明却无恶意的微笑，回头朝诗人望望。她发现他的上衣口袋刺出一截长长的鹅毛笔。

“哎呀，你打算到这儿来写诗吗？”

“为什么这么问？”诗人紧跟着问，随着她的视线看到鹅毛笔，这回才像极不自然的少年，脸颊上露出过分的红晕。

“噢，这个嘛，我带来是想送给你的呀。”

“哎呀，那太感谢啦。”小姐狡黠地笑了。

“作为回赠，等我画完这些水果，全部送给你。”

“不，那个，我想要那个，那支画笔。”诗人下决心说了出来，这回脸色又稍稍苍白了。

“这个吗？”她看看自己纤纤玉指间夹着的画笔。

“叫我好为难呀……唉，好吧，你要就送给你。”

就这样，诗人放下了用惯的鹅毛笔，拿走了她抚弄过樱唇的红色画笔。他顺着斜月照耀的道路，一个人无精打采地走回家去。此外，什么事也没有发生。作者为何给这个故事起了个“接吻”的题名呢？有人明白，也有人不明白。这个倒无所谓，作者模仿《伊索寓言》中的说教，最后想再撮合一下。那就是：

“小姐啊，请跟诗人交往吧。为什么？因为再没有比诗人更加安全的人种了。”

传说

青年讲述着——

十三年前，我十五岁。放春假了，我跟父母去旅行。

参观完M岛，预定当晚乘船离开H市，前往九州的B温泉街。不巧，当夜H市举行防空演习，电车走在黑暗的街上，慢腾腾像个瞎子。每当拉响警报，“咣当”一声就停下了。我们好容易到达栈桥时，时间还是晚了。轮船公司的人燃起一支香烟，一路陪送我们摸黑走到栈桥。

当天晚上繁星满天，仿佛是故意嘲笑地上自作聪明的防空演习。母亲拎着披巾，茫然地站立着，父亲抽着烟斗，闷声不响。我呢，坐在放在栈桥上的旅行箱上，无意识地望着海面。

洋面上汽笛鸣叫，远方灯火明灭……

按说，这时我们都应该待在豪华的船舱里。我想象着第一次旅行中那令人向往的船舱。我的眼睛清清楚楚看到了，那是夜海中渐去渐远的华丽的虚空的房间。没有一个人的密室，屋里上着光线微弱的电灯。

这时，我想到一件事情，面颊灼热起来。那艘船上乘坐着和我一见钟情、心心相印的女孩儿。只要登上那艘船，我就能同她相会，终生都不分离。……可是，我却被父亲一声“好了，走吧”的呼叫声惊醒了。

远洋上绿色的灯光浸入我的眼帘。

“我没有赶上船，也就没有同她见面。我一生再也见不到她了……”

青年说着，少女带着娴静而神秘的表情听他讲述。她的发辫垂在胸前，就像过去的少女捻着胸间的十字架，她悄悄用手触摸着辫子。接着，她那黝黑的眸子突然像篝火一般，充满惊愕和喜悦，凝视着青年说道——

那一年，那一天，那个相同的夜晚。

我五岁了。我们全家住在父亲工作的H市。父亲的故乡是距离B城很近的S……那里打来电报，报告了祖母的死讯。父母赶紧打点行李，准备出发。我们当夜乘船离开了H市。

至今母亲还经常提起。她说，轮船开航时，我一直哭个不停。就像大人依依惜别一样，五岁的女孩子，莫名其妙地一个劲儿啼哭。

“或许是第一次坐船给吓的。”

父亲因为祖母去世心急如焚，他哪里还会管我。他心烦，躲进船尾的会议室看杂志去了。母亲看我哭个没完，坐在舱内靠近窗边的椅子上，把我放在她的膝头上站着，让我看窗外大海的夜景。母亲给我看海上游动的渔火，想让我高兴起来。

脚上红色的小袜子把母亲膝头的温暖传向我的脚踝。我记得额前的刘海儿纷乱地粘在泪水淋漓的面颊上。

“看，那里有轮船通过。多漂亮啊，像过节一样哩。”

我稍稍止了哭，直盯着母亲的脸。因为我含着眼泪看她，只见母亲的面孔闪着白光。

“家在哪里呀？”

“妞妞想家才哭的吧？怎么不早点儿说呀？家在那里。汪汪不是在那儿看门吗？小狗说了，妞妞坐轮船真高兴，它可眼馋啦。”

“家在哪里呀？”

我对母亲的回答不满意，又大哭起来。我不相信这一片夜色里汪洋大海对面会有我们的家。

不光这个，我说“家在哪里”，其实不是问母亲。我还不知道这个词儿的含义，我只是像小羊一样悲伤地哭着。我当时究竟想说些什么呢？

现在，我明白了。我没有能同留在海港上的你相会，这件事所具有的神奇的力量，使得幼小的我哭个不停。这是生来第一次无法挽回的别离，是你我不能再度相会的别离，是这次别离使我痛哭流涕。

“十三年了，我们又在这里相逢了！”

青年一边欢呼，一边伸出质朴而厚重的手掌，握住少女百合花般的小手。

“真像传说一般。”

少女悄声说道。随后，抬眼望着青年，眼神里满含着沉静的力量。

“不过，这传说从此结束了。我们终于终结了这个传说。假若我们不再相见，这个传说还会永远继续下去。”

“不，它还没有终结。”

青年怜悯地抚慰着不安的少女。

“我们永远生活在传说之中。我们的相会开始了，但还没有结束。我们还没有真正的相会。那天晚上，我所呼唤的是‘尚未见面的你’以及使得五岁的你哭叫不止的‘尚未见面的我’。”

“你不是说两人一旦见面，一切都完了吗？”少女仍然不安地问。

“那就让我们两个永远别再见面好了。为此，我们该做些什么呢？”

青年蓦地抱住少女的身子，抚摸着她那小鹿般温驯的脊背，在她的耳畔低声说：

“就这样好了。”

天鹅

打开窗帘，一片雪景。邦子睡眼惺忪地望着仍在瑟瑟飘落的雪花，迷迷糊糊仿佛还在继续做梦。这时，她突然想起了什么，脸上泛起光辉。对了，在这雪天的早晨，冒着鹅毛大雪，骑着天鹅兜风，一直是她的夙愿。N 骑马俱乐部只有一匹纯白的马，名叫“天鹅”。邦子很担心，要是不及早赶去，若恰好有别的会员也和邦子抱有同样的想法，将会被人家抢先租用。论其健康状况，她每当起床时，总是有些茫然不安，不知道今天要干些什么。不仅是今天，她平时就有个习惯，从床上下来，简直就是“一跃”而起，今朝尤其如此。洗漱前就开始换装。白呢子马衫、白色的马裤，虽说唯有长筒靴不可能是白的，但那白羊羔皮手套，也并非适合骑马使用。不过，她还是将那优雅而修长的手指套进去试试看。或许早晨刚睡起的身体依然温热，手套的金属锁扣冰得手脖儿凉浸浸的，好舒服。站在镜前一照，一身洁白凸显出即将策马驰驱的喜悦的面庞，脸上浮泛着玫瑰色的红艳。

没料到，当她跨进俱乐部休息室，持续了一个多小时的梦想猝然破灭了。门口的黑板上写着：

令人厌恶的粉笔字。这个会员是一位从未同她说过话的木讷的青年（邦子这才知道他姓高原）。他穿着洁白的马装，将一副符合自己默然不语性格的结实的后背对着这边。他一边烤火，一边用鞭子轻轻敲打火炉。邦子任性地从那副脊背上感受到一种难以形容的恶意，头也不回地走出休息室。这时，响起一阵紧急向后转的声音，急促而又情绪化，高原似乎有所感觉，他转过头来。

“啊，堀田小姐！”

他用不太合乎自身性格的机敏的嗓音招呼道。邦子未曾想到有人知道自己的姓名，她回过头来，不太礼貌地凝视着那一身素白的服装。“哈哈，啊——”青年颇为老成地露出理解的微笑，起身向黑板走去。

“我呀，不一定要‘天鹅’，还是让给你吧。”

邦子的面部表情不听指挥，率先挂上了微笑，似乎想说“那太好了”，一旦觉察，便飞红了脸蛋儿。刚才，高原那副老成的微笑里不带有任何傲气，邦子立即对他产生了好感。不过，她还是说：

“哎呀，这个……我可是后来的呀。”

其实，这位青年之所以一大早赶来，抢先在黑板上写上姓名，那是因为他今早起床时和邦子一样，具有相同的紧迫感，毫无疑问，偶然之间他也抱有和她一样的夙愿。

然而，高原还是那样默默背对着这边，一声不响地拿起黑板擦，擦去了“天鹅”二字，换成另一匹马。邦子本人却淡然置之，仿佛置身于这番好意之外。她感到一阵轻松，怀着奇妙的心情遥望窗外。马场上大雪纷飞，中央一圈栅栏上的蓝色油漆，鲜明耀眼。

被牵出来的“天鹅”畏惧雪天，怒张着鼻孔，急速地喷吐着比雪更白的热气。但是，转了几圈之后，便逐渐恢复正常，步子也加快了。邦子力图从握着缰绳的优雅的白手套想象自己素白的全身像，但不巧的是，一片雪花粘上睫毛，打乱了她的幻想，什么也看不见了。大凡青年女子，并非知道被人盯着之后才觉得紧张，而是突然感到身板儿僵硬，这才知道有人盯着自己。

两个同样大小的马场相互毗连，以通道为中心，双方马场共同组合成8字形跑道。可是，高原绝不进入邦子这边的马场。透过雪帘，他的枣红马看起来尤其艳丽而骏美。练习刚刚学会的“琵阿斐”[①]时那瞬间跳跃的姿态，充满铜马般肌肉的跃动气势，马背上不时向这边投来一瞥的那双眼睛，宛若雪天里的一星火焰。

当她发觉高原无论如何都不肯进入这边马场的时候，宽阔的马场显得格外狭窄起来，邦子独自一人绕了一圈又一圈，反而感到像在高原投过来的视线的圆环中转来转去。有时，甚至泛起这样的幻想，似乎是在他的厚实的掌心里兜圈子。哪怕是幻想，她也因此有些怏怏不乐。再者，由于高原让马而引起的自卑感，使得她早晨那番快活的心情顿时消泯了。

邦子骑了半个小时光景，突然想起一件事，赶紧在两个马场的接界处下了马。她跳到雪地上，长筒靴中冻僵了的双脚一阵刺疼，

---

① 马术运动步法，也称“原地高级快步”。

像踩在钉子上头。当她抬起因疼痛而满含痛苦的脸庞，那匹马走过来，马背上投来热切的探询的目光。这时，一种莫名的恼恨使她的面孔越来越僵滞了。

“我回去了，您不骑‘天鹅’吗？要不，我就把马牵回马厩了。”她郑重其事地说。

“我并不怎么想骑‘天鹅’。”

“那么……”邦子一时斩不断对高原的感情，她因气恼面带怒色，心里反而痛快了许多。

“这马还不累，一旦还回去，还会有人骑。可以吗？”

“这马，无论如何我都不会骑它，明白吗？”

“哎呀，挺自傲的呢。”

只见高原猛地跳下马，迈开大步踏雪而来，站到邦子面前。他喘着粗气，用左手向上掀开滑雪帽，额头腾起一股热气。两人默默对望着，似乎可以听到大雪瑟瑟而降的声音。高原这时开始感到额头流汗了，他掏出手帕，眼睛转向别处。

“那么，我们换马好吗？这回在同一个马场里一起骑马转悠吧。”

邦子蓦地感到，高原的马从刚才起就早已围绕着这双羔皮手套骎骎驰驱了。于是，她温存地把缰绳交到高原手里，仿佛从自己手中把宝贝托给他保管一样，心里充满了甘美的空虚。

“天鹅”被高原抚摸着脖颈，冒着飞扬的大雪，神经质地频频扇动着耳朵，吐着一股股云彩般的雾气。它那洁白的脊背，眼看着似乎要长出雪白的大翅膀。

休息室内炉火很旺，似乎有些气闷。两三个会员正在高声畅谈，他们都是冲着雪天赶来赏景的好奇的会员。看到高原和邦子在门外互相笑着，快活地掸去雪片走了进来，大家都被这场面惊呆了。邦子发现其中一位女子是她的朋友，随即脱掉手套拍打着走了过来。

“头上全白了。”

朋友对她说。邦子就像马抖动鬃毛，迅速仰头摇动起来，雪片似焰火一般飘落在人们的膝头和火炉上。朋友赶紧缩回膝盖。

“好粗暴啊！哎，你骑的是‘天鹅’吧？”

“是的。”邦子回头笑笑，“高原君，我们俩骑着‘天鹅’玩得真痛快啊！”

“今天可算充分享受了‘天鹅’的乐趣。”

——在场的会员听说这位轻佻女子和青年骑在同一匹马上，一致露出怪讶的神情。不知不觉间，高原和邦子都以为是两匹白马。他们全都将枣红马彻底忘却了。

本来嘛，热恋中的人儿终究会忘掉枣红马的存在的。

哲 学

这是一座同某宗教团体有关系的男子单身宿舍。像宫川这样的无神论者，能趁着战乱的时候将他收住进来，也是有着某种因缘的。提起因缘，他本来是附近大学里哲学系的一名勤奋的学生。他凭借某种因缘，住在这座宿舍中唯一一间后窗对着女校的房子里。

这个人对一切都很麻木，他的所谓 Nil admirari[①]是很令人吃惊的。当女校后院有人围绕早有耳闻的 S 争风吃醋的时候，他的眼睛也绝不会离开书本。有个女学生透过阶梯教室的窗户，呆望着银杏树高邈的树梢出神，这件事他也是一无所知。然而，一个秋晴的正午，对面楼顶有人表演，引得从学校回来吃午饭的宫川心惊胆战。

一个女学生动作敏捷地跳上那座楼顶高高凸起的围墙上，围墙高及她的胸部。她展开双臂像鹞鹰一般，一面保持平衡，一面开始在墙上行走。那是三层楼建筑，下边是水泥地的院子。不要命的女学生啊！五六个同学脸挨着脸对着围墙发出怪叫。这位疯女生忽闪着白色的发带走完了整段围墙。围墙对过响起掌声。对于宫川来说，那个女生在墙上行走的十秒或二十秒，他却觉得是一小时。他累坏了，刚吃下的玉米饼几乎吐出来。“布谷，布谷”女校音乐教室的轮唱迅速传进宫川的耳朵，弄得他心烦意乱。那一天，他整天都没有学习。这可是从来没有的事。

简直是魔鬼作孽（说起来，魔鬼自古就同大学生有缘），这场表演在秋晴的三日间每天同一时刻持续进行。视力极强的哲学家宫川，对少女极其紧张的表情看得十分清晰。终于等到第三天女校放学的时候，他在大门口附近徘徊，等待那个疯女生。To each his own ... 扎着白发带的她，一边哼着爵士歌曲，一边在同学们的簇拥下走出校门。

“是叫我吗？”少女听到喊声，郑重其事地问道。比起笑脸来，她那一时表现出的严肃的神色，倒使人联想起她表演危险动作时的紧张情绪。

“是你。希望明天你不要再冒险了。我看了之后，整天心情不安，无法学习。由于你的表演，我三天都没有用功读书了。”

两个女同学强忍住笑，哭丧着脸望着宫川。

“你既然那样讨厌，干脆不看不就得了？”

“那是午饭的时间，这样的好天气，你要我关窗户上窗板，我怎么受得了啊？”

“是吗？”少女像鸽子一般缩着头颈，考虑了片刻。

“好吧，我停止。”

“你不做了？谢谢，再见，失陪了，各位。”

---

① 拉丁语，麻木、无感觉、不关心。

于是，平静的生活又回到他身边。

然而，又过了三天，他放学之后，沿着夕阳辉映的老照片似的古旧街道一路回来，看到两个人结伴从邸町的横街徒步向电车道走去。其中一人从背后望去，是一位步履潇洒的青年。那种步伐和哲学构成了二律背反，这在宫川也很清楚。另一人那熟悉的肩膀上晃动着白色的发带，宛若薄暮中一对上下翻舞的蝴蝶。

这时，宫川的心脏怦怦跳个不停，他觉得那就像咕嘟咕嘟倒葡萄酒的响声。他猛然想起，当他观看那场危险的楼顶表演时，就像这时候的心情。

他在两人后头跟踪而行。那青年正好赶上已经进站的都营电车，他俩格外淡薄地分别了。宫川稍稍放了心。但由于放心而失去搭话的机会。为了不让快速往回走的少女那双套着运动鞋的足跟从眼界内消失，他又开始紧追不舍。少女拐过横街，又走过两三条街巷，进入古老的西式建筑的家宅。他对着门牌足足瞅了两三分钟之后才调头往回走。

你为何给我痛苦，妨碍我的学习呢？你对我抱有某种怨恨的感情吗？某天黄昏，我看到你和一位青年亲密地在大街上行走，我尝到了和看那场危险的表演完全相同的痛苦。不过，这次不是因为你，所以我也说不出什么，但使我的精神生活受到伤害，这一点则完全一样。我认为我有抗议的权利。我要向我所敬爱的哲学家克尔恺郭尔[①]学习，对这两种痛苦做出“非此即

① Soren Aabye Kierkegaard（1813—1855），丹麦思想家，哲学家，存在主义先驱。主要著作有《非此即彼》《恐惧的概念》等。

彼”的选择。但是，对于你的表演和那位男性同伴，我是无能为力的，这种选择完全交由你。给我那危险的小鸽子——宫川

宫川写这封信希望获得什么呢？作者无法知道。总之，这四五天来，他一直焦急地等待着，根本没有心思读书。

美好的秋晴的一天又来了。玉米饼还是不能下咽。为了消散满肚子的无名之火，尽管无济于事，他还是一边让电热壶咕嘟咕嘟煮开水，一边靠着窗户观看云起云飞。他听到楼顶上传来颇为熟悉的娇音。

深蓝的裙裾翩然飞向围墙上头。

一刹那，宫川不知为何，对这位少女感到憎恶。她像鹞鹰一般展开双臂，优美的胴体飞过空中。他感到，十秒就是三十分，二十秒等于一小时。在这可怕而漫长的二十秒期间，宫川不断在心里念佛般地嘀咕着一句话：“掉下去！掉下去摔死！”这样一来，他莫名其妙地获得了平静的心情，度过了这漫长的二十秒钟。

白色的发带轻轻飞过围墙，落到围墙的另一侧。他又听到少女们的掌声和尖叫。

当晚，他（不会吸烟）一边一口口喝着开水，一边认真写日记：

她是个无法做出选择的人，又是一个非常可怜的存在。黄昏时刻，或许又会在哪里看到她和青年散步的身影。明天开始，到了中午她又要重复做那样的表演了。

不过，我已经不在乎了。我选择了她的死。就是说，我患

上了一种麻木症，对于来自她生命的一切痛苦毫无感觉……

翌日早晨，有人发现宫川自杀了。昨夜写的日记全被撕毁了。另一页上用大字赫然写道：

选择她的死，仔细想想，也就等于选择我自己的死。人生啊，再见！

就是说，这是个因失恋而自杀的家伙。

蝴 蝶

一

她所期盼的平克顿[①]未到之前，衰老已经来临又该怎么办呢？衰老至少不会像平克顿那样薄情吧。清原从战场归来第一次去欣赏久已向往的音乐会，在会场里突然想到了这件事。清原四十岁时刚刚升任会计将官，即被征往前线。两年前，妻子死了，作为贸易商人的嫡子，清原在“顽健”与“游惰”两种性格奇妙而均衡的支持下，凭借青年时代生活所赋予的社交天才，于出征后主要驻地台湾，在当地绅商界树立了为军人所嫉羡的崇高威望。然而，他爱的是孤独。清原年轻时就知道，脱离社交的青年们，有时会故意表现出那种可厌的对孤独的赞美。为了防止对孤独那种放荡式的喜爱，清原看起来反而像个过度游乐的青年。二十多岁时，他抱有不使一个女人受苦的明朗而高傲的自信。三十多岁时，他看到自己身边有个整天受苦的妻子。于是他觉悟到，二十几岁时，那些明知故犯所经历过的各种无罪的游戏，一桩桩一件件，都是过失，都是错误。二十几岁的他，如果懂得什么是恶，也就能确信一切都是善！他毫不客气地使一个个女人堕入醉态，恐怕就是青春时代这种错误的确信所致。

妻子死后，他被派往南方，多年来置身于闲散的军务，再次沉浸于不使一个女人受苦的满足里，实在难得。但是，清原并不知道，这大概是因为他已经悄悄地脱胎换骨，安息于不会使一个女人受苦的柔和的灵魂之中。

就这样，他没有任何人陪伴，独自穿过薄暮冥冥的H公园，前来出席这场音乐会（不过，单身一人出席音乐会，也是年轻时就有的习惯）。那是一场冰雨刚刚停歇后的一九四六年三月二十一日黄昏。

舞台上站着一位著名的老年歌女，正在引吭高歌。战争期间她疏散到山中湖畔的时候，站在早晨的湖边唱歌，眼看着小鸟们群集枝头，似乎同她一起合唱。她扮演的蝴蝶夫人是世界级蝴蝶夫人的幻影。但今宵的音乐会上，她演唱的不是那首光耀千古的《美好的一天》，而是舒伯特的流行曲，号称“难曲”的《美丽的磨坊女》。

二双六曲的金屏风前，摆着钢琴和绿色的椅子。人们议论，她“身患重病，也许即将做手术却勉强出场”，可她并不坐在椅子上，而是靠在钢琴旁边，露出痛苦的神色。白底上众多扇面组合而成的华美的大长袖和服，深红的腰带，纤纤玉指戴着沉甸甸的闪光的钻戒。这位夫人吉人天相般丰腴的容姿因病恹而衰微，明日黄花，虽不见昔日之姣妍，但要说老丑，也是光彩夺目的“丑”，美妙动人的“丑”。——大正时代的音乐批评家，将她和T·S女士连在一起，送她们一个“傻女歌后”的爱称。事实上，她的一生或许没有

① 美国海军上尉，歌剧《蝴蝶夫人》中女主角蝴蝶夫人的丈夫。

正式的评价，一如那位蝴蝶夫人的一生。

尽管如此，她那装饰得像婚礼上的餐桌的肉体，受病痛折磨却发出好似小鸟鸣啭般的声音，震动着四方。简直就像玩魔术一样。她那无与伦比的神奇而清亮的歌声，一旦响起，不管她愿意不愿意，都必须继续张着口唱下去。即使肉体已渐老朽，但这歌声却具有永恒不变的生命的活力。人们听到这歌声时，见到的只是一副优雅而动人的假面。

……小河畔

百花阑珊……

她一边唱一边低头，伸开两手，指着小河的流水。于是，舞台上传来潺潺水声。可爱的小河哗啦啦流淌起来了。钻戒的闪光穿越空气，那飞溅的清凛的空气，仿佛在水流中改变了姿态。小河岸上低垂的花朵随风摇曳。接着，在她的孩子般细嫩小手的爱抚之下，百花复苏，犹如漂浮于水面上的明油，展现着鲜丽的彩虹。

清原忽然于幻想中听到往昔所酷爱的《美好的一天》的旋律。那位可以任意将幻影呼唤回来的魔术师似的优雅的歌女，有着妖魔鬼怪般的能力。她一旦唱起《美好的一天》，大海随之泛出种种不同的颜色。背景那单调的海面上，就会降下真正的海的精灵。蝴蝶夫人的眼睛已经不像日本女子那样漆黑，由于每天望着大海度日月，双眸似乎浸染上了海蓝色。而且，如今似乎有一种预感，在最后一幕就连她的面孔也浸染着海色的悲剧到来之前，她的视线会一直忧郁地投向白昼闪光的海洋。载着悲剧而来的轮船，那是蝴蝶夫人湛蓝而澄澈的眼眸召唤来的。她等待的不是平克顿，而是悲剧。是死。这些也是她期盼的。

当时，一心想唱完小河摇篮曲的歌女，抱着一束玫瑰花（说是抱，那束花却实在小得可怜），用甘美的歌声向听众倾诉。她列举帕岱莱夫斯基①、卡鲁索 ②、夏里亚宾③和吉里④，这些和自己同台演出的宝石般闪闪发光的名字，“不过，在日本却把跨越世界的我进行冷处理，我的名字很微小……”她亮起戒指做出窥伺显微镜的动作。“……不探头搜寻，根本不会发现”——在她成群的恋人之间，没有一个不是因名声而为她所爱的。她对名声赋予女性阴柔之爱。这满堂喝彩的瞬间，正是同衾合欢的无上美好的瞬间。她曾听到世界上的人们十分珍爱地谈论她的名字。她的名字被古老意大利的各个城市雕刻成典雅的徽章。她乘坐的苍黑的轮船，在罗马数千朵玫瑰花为她送别的馨香之中，离开直布罗陀。地中海的夜晚，展示出前所未闻的壮丽的星空为她送行。不一会儿，当她站在朝雾迷蒙的游步甲板上，渐渐辨认出远方北美合众国最初的一片影像时，她仿佛在梦幻中依稀看到层层聚集的无数只鼓掌的手臂，同时从那里传来海潮般喧骚的喝彩。

“我呀，前一次演唱会，我是乘电车来的，这次却是由别人背着，好不容易（可叹的是，她竟然以如此纤弱而柔美的声音说出“好不容易”这几个字）来到这里。去年劳军慰问演出后患的盲肠

---

① Ignacy Jan Paderewski（1860—1941），波兰钢琴家、政治家。

② Enrico Caruso（1873—1921），意大利歌剧演员，美声演唱家。

③ Fedor Ivanovich Shalyapin（1873—1938），俄国男低音歌唱家，善于演唱《伏尔加船夫曲》《跳蚤之歌》和《波斯恋歌》等。

④ Beniamino Gigli（1890—1957），意大利男高音歌唱家，歌剧演员。

炎作祟，腹中长出一个大肿块，我得在一周之内作出决定是否动手术。要是能治愈，六月里还想演唱蝴蝶夫人。假若不能治愈……不能治愈，这就是最后的演唱会。”

说到这里，她抬起绯红绉绸上衣的袖口，擦了擦眼睛，显露出明治女子那种几近病态又盲目的热情。她把花束放在椅子上，倚靠着钢琴。脚灯毫不留情地映射着她那满布皱纹的颈部。

她的所谓“告别之歌”是无伴奏低声演唱的《可爱的家》[①]。这首歌令众多的女宾慌忙掏出手帕来。她的歌声令人联想起希腊悲剧演出的舞台上，时时悄然无声扩展开来的希腊的天空。这是一首不祥的悲惋的曲子。那位失恋的萨福[②]，在阿佛洛狄忒神面前燃起篝火，戴着月桂冠，穿着绯红的上衣，手里弹着黄金的七弦琴，唱着赞歌。可以想象，萨福临死前的歌声也是这样的。她因为年老和病衰，已经承受不起月桂冠和绯红的上衣了。

演唱完毕，正要退场。她在弟子的搀扶下，拿着一束细小的玫瑰花，摇摇晃晃迈动着脚步。为了向经久不息的掌声致意，她几度回过头，表情里充满一种旁若无人的陶醉。当她闭上眼睛微微倾过脸来的这一时刻，仿佛整个世界都在为她喝彩。她将颇带稚气的耳朵，对着鼓掌欢呼的音乐会堂广阔的空间。那一刹那，她的脸上清晰地呈现出令清原战栗的浓艳的肉感之美。

---

① 英国民歌 *Home, Sweet home*。

② Sappho，公元前七到前六世纪的古希腊女诗人，一生写过众多抒情诗，包括颂歌、挽歌等。

二

就这样，退场中的三浦环[①]女士优雅的姿态，在我看来，无论如何都是一只将死的蝴蝶。周围撒满闪光的鳞粉，华丽的羽翼残破不堪，不加掩饰地在舞台上徘徊游荡。已经死去的蓝色大眼睛反射着无表情的海的光芒。茫然抬起的触角，随之又耷拉下来。那只蝴蝶随时都可能夭折于涟漪般涌动而来的临死前美丽的颤栗之中。

说不定每隔数年或数十年，我还要写这样的信。促使我这样做的，抑或是看到蝴蝶奇怪的夭亡后一直陷我于苦恼之中的某种不安的力量。幼年时代每朝醒来，使我痛哭不止的生的欢乐的不安，还有，新鲜的追忆必定会让我们感受到的甘美的悲剧的不安，与这两种不安皆相似的，只能是二十年前的一个晚上关于蝴蝶夫人的回忆突然唤起的不安，此外，还会有什么呢？令人想起赏日本菊季节正方形格子相连缀的愉快的障子门、衣襟向左扣的和服，以及那位双目上挑、生着一张狐狸脸的五郎[②]，还有年纪轻轻、正逢“过家家年龄”的十五岁环女士所扮演的蝴蝶小姐。我们看了这些不约而同地想到，日本这个国家竟然如此奇异、轻快，日常生活充满了童话般的忙碌。这也难怪，出征前整理抽屉，发现斯卡拉剧场[③]演出的节目单（当时没有留意），从珍奇的解说词中知道，上演的是普契尼创作的《蝴蝶夫人》，地点——日本长崎，时间——现代。

我转眼到了二十岁，还是个高中生。我休学半年，同父亲一起漫游世界。父亲前一年死了妻子——我的母亲，他叫自己的独生子中断宝贵的学业，随他环球旅行。他那种心境，后来我自己死了妻子才开始明白过来。

细想想，虽说陆地始终真实存在，但父亲打算沉醉于实际上脱离陆地的一种不确定的环境之中。不是在思念上，而是从感觉上，体验这份“世界”之大所带来的徒然。一旦离去，作为一种记忆，不过是寄予我们生命的几多闻名的地名罢了。尽管这些地名象征着几个世纪的历史和故事，以及当地居民无数喜怒哀乐的生活，但在他眼里，这些实际的存在，比起自己的妻子这一曾经真实的存在显得稀薄而又缥缈。正如旅人不住唠叨着要进港停航，妻子的死只不过同那种不值一提的无名的港口是同一种事实；然而，正因为如此，妻子的死这种不确定性，带来了具有充分补偿生的不确定性的异样的喜悦——父亲就这样获得了双重满足。可是，逗留于前方的港口或都市期间，父亲未必是个对我关怀备至的好父亲。

“你死了一个人，我死了两个人。”父亲到了可以半开玩笑的时候，曾经突然扔下手中的报纸，从正面凝视着我说道，“你死了母

① 三浦环（1884—1946），女高音歌唱家。东京人。东京音乐学校毕业，入帝国剧场歌剧部。后扮演歌剧《蝴蝶夫人》中的主角蝴蝶夫人，辗转欧美各地演出，赢得崇高的国际声誉。

② 歌剧《蝴蝶夫人》中的人物。

③ 位于米兰的歌剧剧场，建于圣母马利亚斯卡拉教堂遗址之上，故名。

亲，我死了你的母亲和自己的妻子。”

结果，每到一个地方，父亲和我的生活，除了极其无罪的游乐之外，完全分将开来。作为我的监护人，一位循规蹈矩的中年人秘书跟在我身边（父亲不知为何，专门喜欢找这种无能的人作心腹）。

我们一行从拿波里上岸，直接去罗马待了些日子。听说我要去米兰，父亲便托大使馆给米兰领事写了介绍信，敦促我和秘书比他早一步出发。大使馆对他说，领事正在瑞士出差，贵公子可按领事夫人的吩咐行事。我们遵从父亲命令，预订了米兰位于曼佐尼大街的大酒店。但是，我已经看够了各国风景，打算父亲到来之前，就在饭店里睡觉，哪儿也不去。我待在这座胜迹繁多的城市中央而一无所为，好比一个深山探宝、徒手而归的探险家，饱享了香睡一般豪奢的快感。我把大使馆的介绍信藏在贴身的口袋里，心想，哪怕变成一张废纸也毫不可惜。

然而，一天午后，趁着中年随从出外买东西的当儿，我想去看看酒店邻近的波尔迪佩佐利美术馆。因为我很早就听说那里有著名的波提切利绘制的圣母像。关于这幅摇曳着维纳斯异教的面影的圣母像，被沃尔特·佩特[①]这样评价过：“他画了好多圣母像，每一幅都生怕将基督抱得太紧，他想运用更加明白而低伏的笔调，寻求更加温馨而低回的人性。”这帧圣母像，尽管是飘溢着一些逸乐阴影的水果般丰醇的画面，但却有着这样的情趣：“那灰色的肉和青白的花始终蕴蓄着死亡的某种影子”。那时，我在美术馆里，一边品味着闲雅的尘埃的气息，一边面对这幅绘画沉醉于幻想中。背后有

① Walter Peter (1839—1894)，英国作家，唯美主义评论家。主要著作有《文艺复兴史研究》，对意大利文艺复兴时期的作品作了细致的分析与批评。

人轻轻说道："呀，好生可厌！"那口气有些许粗鄙。但那粗鄙的语言反而凸显了他那带几分稀有品位的日语。我惊奇地回过头去，对方发现我是日本人，脸上闪过一丝惊讶。

当时，你穿着宽大的黑天鹅绒礼服，头上装饰得五彩缤纷。那身打扮很合乎南欧深秋的季节。从那身装束上，我突然联想起尚未见到过的意大利众多的湖泊，想起科莫、玛焦雷、卢伽诺以及加尔达的典雅风光；从绣花手套上，想起那傍晚时分参天而立的湖畔森林纤细的树梢；从首饰上，想起那夕暮天边明灭闪烁的金星；从黑天鹅绒闪光的高挺的胸脯上，想起深夜储满内部张力的湖水，向着星空静静燃烧，随之升腾而去的浪峰。

你的日本人随从，一位五十上下繁忙而愉快的绅士的话，打断了我的幻想。

"您，恕我冒昧，是日本人吧。"他叫道，听那话音好像大肆赞扬我是个日本人。借此机会，我们相互作了自我介绍。你的写有"黑田华子"的小巧的名片，使我立即知道你是黑田领事（你的前夫）的夫人，于是赶紧从内侧口袋里掏出那封想必已经增值的介绍信。这时，你对我说："今晚斯卡拉剧场上演《蝴蝶夫人》，刚巧有一张余票，届时我想问问令尊有什么安排，打算叫这位绅士陪伴他一起看戏，不知你有没有同伴。"我想到那位老实巴交的秘书，他那始终揪着嘴说话的样子，毫不犹豫地回答："没有，我只一个人。"

同是位于曼佐尼大街的斯卡拉剧场，距离饭店很近，不需要乘车。这座七层楼建筑的豪华的剧场给我的印象，看起来也无法战胜人们随心所欲所获得的强烈印象。"所罗门的荣华不如一枝百合花。”我时常觉得，所罗门的荣华虽然被人比作一枝百合花，但它依然是伟大的。那时对于我来说，斯卡拉剧场似乎起着这样的作用。且说那位随从绅士就座后不久，因用人带来一封紧急信，序幕进行之中，他就离席而去。我同你局促地并肩坐在逼仄而晦暗的包厢内，这时，第二场开幕了。

众所周知，《美好的一天》是在第二场开幕时演唱的。透过舞台上的棋盘方格子窗，可以窥见背后蓝色的大海。那着装打扮的风格像是从《天方夜谭》中走出的蝴蝶小姐，由青春年少的三浦环女史扮演，带着几分滑稽的乡愁和认真的憧憬……这时，海的精灵忽然降临在蓝色的布景之上。海洋上下凝结为一体，放射着火焰般的白昼之光，将可能出现于水平线上的船只焚烧殆尽，统摄着剧烈而无垢的风景。只见，眼下那不祥的忧郁的海风，猛吹过来，将蝴蝶小姐洁白的酥胸，熏染成难看的土黄色。

我没有借助小型望远镜，依然从她正在演唱的明亮的眸子里，看到蕴含着一颗清泪。蝴蝶小姐抑或望见介乎这异乡和远国之间的蓝色大洋的幻景。面对这一片碧蓝的阻隔，如果说二十岁的我，感受到爱、意志、人类崇高的希望以及虚无，那么，父亲为了忘掉亡妻而试着做世界之旅，或许是想在我尚不具备可忘之物之前，教会我忘却之术；在我尚未了解世界之前，使我将世界忘却。

我从舞台上移开视线，凝望着你的百合花般端丽的侧影。厚重的包厢的帷幕是绯红的天鹅绒，你的首饰显得更加红艳，你的面颊仿佛浸染于曙光之中。可是，我的眼睛因长久的航海而改变。我在这异乡剧场的一隅同你并肩而坐，我没有轻信这是一次偶遇，也没有沉醉于相遇中的幸福之感。因为我知道，将你我置于此地的机缘，就在于令一切落入绝望的无边的蓝色的海洋。如果说，眼下我和你共坐在同一包厢内，有负于和故国之间缥缈的蓝色的隔离，那么，你我之间或许还间隔着另一个大洋。海既然一度成为我们的机缘，那么你和我就被迫不得不时时做出选择，要么像蝴蝶小姐死前那样，徒然等待着什么；要么像平克顿，将一切忘却，二者必择其一。好聪明啊！两人默默无言，争着于爱之前将对方忘却。好勇敢啊！第二场闭幕时，在一派喝彩的黝黑的喧嚣声里，你回首时的微笑以及你眼睛里射出的伶俐的泪光让我悟出了这一点。

我的心情俄而轻松起来，便开玩笑地说：

“假如平克顿一个人前来接蝴蝶小姐，而当时蝴蝶小姐已经嫁了别人，这出歌剧又该怎么演下去呢？”

“这个嘛……不过，西洋小说中这样的情节好多啊。”

这种并不太巧妙的调侃方式，证明你一度紧张的情绪也已消散，并稍稍迎来轻松的心境。同眼下的我相反，正当我打算激烈谴责自己这种轻松的心情时，自己火热的双眼却茫然失措地投到你的手上。我看到洁白的臂腕似乎满储着丰蕴的感触，轻轻搭在桌面之上。在那里，我看到了那枚优雅的椭圆形蓝宝石戒指。

蓝色的宝石，碧绿的宝石……海的宝石——这样想着想着，我沉沦于某种迷信般强烈的印象中。这就是大海。这就是你和我之间的大海。这种妖艳的宝石的魔力，将你和我隔绝开了……

同我这近乎传说的思考无关，当时，那枚戒指为了更加贴近你那细长的望远镜，随着你那纤纤玉指一起飞离了我的视野。

三

尽管本来也未曾抱有任何期待，但他还是没有收到回信——河原町华子的回信。不久，到了五月末尾，年迈的蝴蝶夫人的扮演者去世了。

清原再次以本人也难理解的热情思考着她的死。她在黎明前死去。夜深了，她一直企盼着。从那确实的绝望以及由此而一点点凝聚成宝石般优美结晶体的无垢的希望——较之绝望更加确实——这一悲苦的欢乐之中，她似乎也看到了黎明到来时海上最初的微光。于此到来的哪怕是死亡，那也能给她带来成功的狂喜。因为，她不知道彼岸，她只存在于这个世界，成功于这个世界。

清原将堂屋租给自己公司做集体宿舍，自己一人住在厢房里。一个特别晴朗的早晨，令他感到连自己的那些想法都是一场光明的徒然。他反复翻阅刊载环的讣告的报纸，接着拿起婢女放在桌上的几封信。院子里的樱树梢上飞来一只从未见过的小鸟，从刚才起就叽叽喳喳地鸣叫着。早晨的鸟鸣中，唯有这只小鸟的叫声，似乎时时流露出独奏者盛气凌人的威严。其中有一封信是最近很少见到的大号纯白色的西洋信封。它正浸染在晨光里，那朝云灿烂中的冷然的洁白，似乎将周围的空气切割成四边形。他猛地将信托在掌心上。这时，神奇的小鸟叫了两声。他仿佛觉得是信封发出的声音，随之抛向桌面。他一边呆然于自己幼稚的想法之中，一边又重新拿起那封信。这时，神奇的小鸟又叫了。

于是，他呵呵笑了。他的身子宛若被这笑声撞击着不停旋转，连立身之地都没有了。他从自己的笑声里，感到一种恩宠般的东西（那是一种仿佛会损害自己、使自己感到无地自容的笑声）。他忖度着，关于手里这封信的内容，不论有着何种不利的要求，他都要接受下来；不论有着怎样的奇矫的托付，他都要付诸实施。哪里知道，这封洁白的西洋信封里装的却是一份亲笔书写的请帖。

清原丰先生：

令夫人：

战前举行的小型舞会将于六月二日（星期日）正式恢复

时间：下午一时

千岛康武　　五月二十五日

因为是战争期间，妻子的葬礼仅限于自家亲族范围内举行，故长久没有联系的千岛家一概不知。昭和十年前后，千岛家每月举办两次小型舞会，他常带妻子去参加。

那天是个梅雨前似乎带有几分依恋的晴朗的日子。位于高台之上未遭战火焚毁的千岛侯爵家的一座洋馆，尘封多年，门窗紧闭。一直沉寂的古风的窗户，今天也擦亮了玻璃，可以瞥见米黄色的高贵的帷帘。刚刚揩拭过的玻璃窗上，映射着淡淡的云影。

清原一人登上台阶，休止的音乐又再度响起。同这座古老宅第不很符合的喧嚣的舞乐，震动着花纹已经褪色的壁纸。舞厅的门扉大敞开了。从楼梯上边的高窗射进来的一条光柱，正巧映照着掠过门扉旁边的一对对舞伴。这时，搭在男人肩头的那只有些异样的洁白的手指，闪过一缕明艳的碧蓝色，那正是一枚煌煌放光的蓝宝石戒指。

他深深坐进椅子里，那些一边跳舞一边对他打着招呼的人们的面孔，由于逆光，显得有些模糊不清。他恍惚地想到，大概是已经临近黄昏的缘故。他连抬手看表的力气也没有了。因为等待的人儿越来越近而产生的一种躁动不安的意识，使得他那慌乱且又充满活力的眼睛到处游走不息。不论如何看，都不像超过四十岁的男人的眼睛，而是一个好脾气的有些神经质的少年的眼睛，时而明亮时而晦暗。

终于，河原町注意到了他，过来打了招呼。在丈夫的提醒下，华子也回过头来，对他打了招呼。她的明治少女般的浓眉之下，那双眼睛闪现出同今日晴明的天气颇为相合的没有一丝阴翳的微笑。

一支舞曲似了未了之际，河原町夫妇走过来坐在清原的椅子上。男人们从战场回来第一次相见，总有说不完的话。华子默默旁观这种大煞风景的谈话，遂将略显不快的视线漠然投向下一拨儿跳舞的人群。她用两手轻轻按一按头发。或许令她不悦的是，清原的鬓角出现了老来俏的征兆——一抹白发——的缘故吧。

清原邀请河原町夫人跳舞，丈夫点燃着烟斗到露台上去了。

“三浦环死了。”

清原只是默默地跳着，华子倒先开了口。

清原应道："死了呢。"

"……你的信，对不起，我没有回。我怀疑是否弄错了人。不过，那……"她终于忍不住笑了起来。刚才的不悦也许抑制住了这副笑容。清原没有看到她那侧过头去的笑靥，但她的笑是由她全身传递过来的，像一只不住颤抖的温热的动物。

"不过，要是真像信里所写的那样，我也该是四十或五十岁的人了。好可悲啊！"

"你今年二……"

"二十二岁了。"华子天真地接着说道，"抓兵前你有个习惯，老是爱打听我的年龄，'你十八，我四十'……还一边计算着，四十加十八除于二，等于二十九……"

"不要再提年龄的事了。你倒没关系，我一想到年龄就泄气。"

"你的信倒是写得很有趣，我连读了三遍。不过，你把我的名字附着在那位很值得回忆的漂亮的人儿身上，实在太可惜了。你去了几次米兰？"

"我所知道的外国只有会做生意的美国，我何时去过米兰？"

"哎呀，狡猾的小叔！"结婚前，她叫唤清原就用这个爱称，如今不由又脱口而出，实在有些可笑。"你真是个空想家呀，那么说，你写那位女人也是单凭想象吗？哎呀，真了不起，你完全可以当小说家啦。"

无垢的嗓音，充满稚气的言语，谁能想到她已经二十二岁了呢？跃动的苗条的小巧身个儿，轻盈飘摇，仿佛一松手就飞翔而去。一双略带傲气的浓眉。在清原眼里，妻子死后不久，初次见到她时，看上去也就是十八岁光景——在陌生人看来，或许就像蝴蝶小姐那样的芳龄，十五岁“过家家”的时代。清原爱她十八岁，爱她十九岁。对于这位凭他四十年之经验而选中的人儿，他倾尽全部热情爱着她。仿佛妻子的幽灵附在他身上，命令他这样做。这是一种近乎超自然的力量，仅仅因为爱，他激发起自己所有的美德、善意、痛苦、悲哀和喜悦等全部能力，以及一切恶德和虚荣。关于结婚，被她父亲不确定的回答搪塞了过去。战争更使他们两人天各一方。他待在台湾，战争结束了，经过长时间不愉快的航行，他回到祖国，听说华子结婚了。这个结果实在太寻常了。对于清原来说，更加急迫等待他回国的不是华子，而是他的“衰老”，他只得委身于此。于是，后悔也是一种快乐。这时，爱孤独而又无法爱下去的痛切的悔恨降临了。然而，一个爱的能力已经枯竭的初老男人，他果真只有后悔吗？后悔不也是爱吗？

“音乐真的不可思议，它具有神奇的力量。”她回到朴素的语调。她那思考幼稚问题时的慎重态度，满怀依恋地传递到清原的手上。“三浦环最后的独唱音乐会，我和丈夫一起去看了。音乐，或许真能创造另一种崭新的记忆。我同你二十年前真的……”

“我有证据啊。我都在信里说了，你的戒指就是。你既然戴的是和信上一样的戒指……”

他的眼睛示意性地扫了一下自己右肩那枚椭圆形优雅的戒指——海的宝石、碧绿的蓝宝石。

“哎呀，这是母亲的遗物啊。以往我一直戴着，你没注意到吗？

蝴蝶小姐……二十年前……米兰……是的。权当是真的吧，我相信。这么说，或许的确是真的。”

接着，华子犹如迅疾起飞的小鸟，用一种悲戚的、疯狂变幻的、支离破碎的语调，滔滔不绝地独自说下去：

“战时我待在大矶。每天都观看大海，看着看着，直到累了、心绪烦躁才肯罢休。不过，也只是看，我不像蝴蝶小姐那样期待着什么。是的，我没有期待过什么。

你大概想询问那封信的事吧？我全明白了。知道我为何没有给你回信吗？你真的明白啦？

不过……我……”——这时，音乐就要停止了。“我还是有所期待。”

这时，年轻的河原町伯爵，看到清原和华子朝露台走来，似乎来不及开口，连忙迎上去，抬起拿着烟斗的手，快活地指着远方喊道：

“清原君，可以看到海啦！你瞧。过去这里根本望不到大海。这幅景色是战争造成的奇怪的副产品啊！”

果然，他所指示的方向坐落着未被战火烧毁的千岛家宅邸以及毗连的房舍。那里除了蓊郁的树叶再也没有别的遮障，在初夏阳光辉耀下，呈现着经过战火洗礼的淡红色和灰色。远方露出仓库和屋顶的轮廓，混浊而平静的海洋浮泛着惨白的水色。可以看到抛锚的货轮的姿影。

“那是美国船啊！”年轻的伯爵仿佛在夸示他那双敏锐而冷峻的眼睛。

“可不是嘛，那是美国船。”清原回答。

接着，他再次盯着海面，呆呆追忆着那悲怆的晦暗的海景。海洋上空，拖曳着一缕长长的云朵，浮现着模糊的色彩。那是季节转换期壮丽云峰的残存，使人蓦然泛起对夏令的强烈的憧憬。海面上似乎刮起了大风。云彩的状态之所以传递着某种怯畏感，以及晴朗的天色之所以呈现出较之以往任何一个黄昏都要浓重的哀怜之色，或许与之有关。

——可是，过了一个多月之后，一个盛夏的早晨，清原出乎意料地接到河原町华子（她曾是那样的快活和健康）突然辞世的讣告。其后再想想，当时他一心一意追忆这虚幻的海景，内心之中肯定隐藏着一种愿望，他似乎是想借助回忆排解莫名的预感所造成的烦躁的心绪。

恋重荷

这简直就像一副柔软的铠甲。

礼子穿上绣着千只鹤的红绫短袖和服，用一根筒状的腰带打了个肥雀形的结子。腰带上绣着红色金银的扇面，外面松松束着缀有圆白花的衬垫和一根华贵的细丝绦。

“勒得我好苦、好苦，好像受刑一般。”

她闪着一副饮过屠苏微带晕红的眼神儿，痛苦地摆动着上半身，像初次穿立领的男孩子反复将手指插进衣领一般，礼子也将没戴戒指的手指插入衣带之间试了又试。

“看，束得多紧啊，好不容易插进一根指头，两根手指根本塞不进去。”

仿佛敲开一把坚固的锁，她的一举一动全被夏卫看在眼里。礼子屈着上半身，不住摇晃着，就像十层二十层的铠甲。她现在的这身装扮与夏日里热衷于打网球时穿的短裤，以及冬季滑雪时穿的滑雪裤的形象，真是相差万里。就像带有日本趣味的父母强使顽皮的孩子换上一身盛装一样，如今她也硬是被迫穿上这样的行装，而且还被带往自己所厌恶的能乐剧场和舞会会场。或许正因为如此，从她的装束上看，绝不同于那些经验丰富的女子临机应变、游刃有余的打扮，总是脱不掉“被装扮”的感觉。她一旦穿上和服，就将自己全都委任于和服。好像有了这副铠甲，她就可以放松警戒了。比起穿着裸露的短裤时的礼子，一身和服装扮的礼子，更加接近裸体。去年秋天，在能乐观众席上，对礼子一直没有什么特别感觉的夏卫，从她身上感到某种力量，这或许是因为他第一次见到礼子穿和服。

礼子对于不爱言语但有些自以为是的夏卫感到不安。在礼子眼中，作为大学生的他那种老成的样子，比起同为大学生的充满青春活力的未婚夫康亲，更像一只易于毁坏的不安定的器皿。此外，她对穿长袖和服没有自信。不知怎的，她很气馁，觉得自己那种打扮很难看。礼子未曾觉察到，这种心情会缓和平时她那亭亭玉立的高冷之美，从而赋予她另一种亲密而温情的美。

夏卫的父母都不在。夏卫弯下腰，两手颤巍巍地捧起桌上的屠苏酒和描金花纹的多层漆盒，笨手笨脚地朝客厅走去。礼子见了猛然站起身叫道：“呀，好危险！”拐弯抹角地交谈了半个多钟头之后，打开漆盒第一层，里头装着鸡蛋鱼糕、栗果子、梅子羊羹和博多海带等茶前点心，一件件排列得十分规整，叫人很难下手。这些过于鲜艳的色彩不带表情地冲散两人之间无聊而尴尬的时间。

“明天一早阿康要来东京，打电报来要我到车站迎接。”

“啊？”一直被远方低微的羽音吸引的礼子随口应道，她看看夏卫的脸，不用问也明白了。“你要去迎接康亲君吗？当心被他宰了。”

据说，礼子之所以对这门婚事很冷淡，完全是因为夏卫的缘故。这种说法也会很快传到身在京都的康亲的耳朵里的。其实，礼子和夏卫根本没什么。

“我去的。”夏卫恬淡地回答。礼子暗中感觉到，这位青年是想在她面前故意表现出特有的媚态和恬淡。于是，礼子给将来不大会成为姻亲的夏卫家发贺年片这一行为的意义带着份易使人误解的不安朝礼子袭来，这种不安就好比一扇点着灯看不清外面情景的窗户。

“其实啊，我想同你商量一下，听听你的意见。元旦那天，我给康亲君写了一封长信，信中告诉他，我不想和他继续交往下去了。借此机会，我想到别的地方找份工作干，你看如何？”

她那稍显沙哑的嗓音，很符合那种平坦而有条理的谈吐。夏卫听她说话似乎在欣赏一种音乐。他那副派头，并没有表现出他认为这是个令人惊讶的好消息的模样。对于他来说，礼子的一颗心，就像一架不停转动而被过分磨损的机器。

“贺年片和绝交信一旦同时到达，不可一世的阿康就从这个世界消失啦。这个不说了。”他略带强调的语气说道。

“你想去工作，这个我不赞成。甩掉一个人，也用不着‘借此机会’。”

“是吗？”礼子从屠苏的微醺中醒来，早已变凉的面颊刻着脆弱的微笑。夏卫的回答，一口否定了礼子的某种眼睛看不见的意志的东西。对于礼子来说，她不由担心起来，夏卫与其说是为礼子考虑，不如说是在为他自己考虑。

她总觉得这人有些不可靠。她以一个完全不相干之人的眼光，凝望着夏卫那悠然地夹着香烟的手指。……确实感到一种危险，一旦说出这人不可靠，就会传染到自己身上似的。而康亲所具有的所谓危险，是别一种危险。搞不好是专门陷女人于痛苦的那一类危险。

绘有描金画的台子上，放着一只最小的梅花金漆木制酒杯，里面残留着几滴屠苏，闪耀着一圈儿透明的光纹。

提起夏卫，他眼下无时无刻不在想紧紧抱住礼子，除了这种欲求之外，他对什么事情都不理解。这是处于这种状态的年轻人的惯例。他把这看作是由于过分理解而引起的犹豫的行为，其实错了，犹豫只不过是想紧紧抱住她的犹豫罢了。

礼子铠甲般的打扮，那副居高临下的感觉是对夏卫的挑衅。和服腰带具有几分威慑力的庄严的结子，给人一种木板一般强硬的印象，紧紧扣合的洋溢着青春气息的领口、胀鼓鼓的腰带下衬垫、冷峻耀眼的金银刺绣、边角锋棱的钻戒，这些应接不暇、五光十色的堆积，都能多少满足夏卫带有几分残忍欲望的心。假若女体全身遍生着玫瑰般的棘刺，他怀抱女人的欲望会更加炽热吧。礼子的盛装要是压碎了，就是一团仿佛要割伤手指的锐角和刺眼炫目的重物。夏卫的眼睛再也离不开她的脸庞。

礼子听到椅子的响声，立即发现他就要离开座椅，自己赶紧站了起来。

夏卫用可以数得出来的准确的步伐，静静地一步步接近礼子。他知道这种场合的女人是无法逃脱的。他伸开巨大的臂腕，紧紧抱住了那团光辉的堆积。

“哎呀……”礼子向后仰起身子，皱着眉头。她感到背上一阵刺痛。

“稍等一下，我疼。”

一时有些扫兴的夏卫，这回不适时地露出认真的表情。

“怎么啦？”

“针……这里有针。”礼子焦急地用手摸索着自己的脊背，“似乎就在这条背缝里。”

礼子说罢，又对自己的话犯起了疑惑。夏卫一旦松开手，疼痛就消失了。她怀疑，疼痛或许只不过是幻觉。

礼子蓦地回到记忆的深处，她意识到自己像窥探照相机取景窗一般，正在凝视着站在远方的夏卫小小的身影。女校时代那些老成的同学，对着礼子耳畔低声交代过的孩子般的“妙招”，犹如纹丝不动的眼眸，在记忆的底层闪耀着光亮。

“礼子，你穿和服时，要是有男人来抱你，教你个逃脱的妙计。你装出痛苦的样子，大喊一声‘衣服里有针’就行了。他总不会叫你脱下来帮你找吧，所以很有效。你可要牢记在心啊！”

“讨厌鬼。”礼子板起面孔，一把推开那位同学始终包裹着肉嘟嘟臂腕的制服袖口。

“我讨厌男人抱我。何况你所说的那种逃脱办法，也只有被男人抱住之后才能实施啊。”

“啊呀，你真聪明。听到这话想到这一点的，你是第一个。这一手你肯定早就知道了。没错，我只能这么想。”

“你真啰嗦！”礼子若无其事地伸开两手，向后拢了拢头发。“这种话，我不爱听。”

她一边跑，一边意识到两颊火辣辣地发烫。她还记得，当时有一条大长毛狗，经常闯入校园内嬉戏。她曾经被那条大狗追逐过。紧追不舍的大狗用它一身脏污的狗毛，蹭着礼子的袜子。她气喘吁吁，停下脚步，狠狠踹了一下狗的脊背，不知到底为了什么。那狗并不可憎。她只是看到狗背上到处是污秽的淤泥，狗毛上粘得斑斑点点，因气不过，才狠踢了它一脚。

本来取笑她的同学立即认真起来，不住眨巴着眼睛，明显处于异样的昂奋之中，一直盯着礼子。大狗迅速逃开，扭着身子还想过来嬉戏，但似乎立即感到某种恐怖，吼叫着躲到路旁，调转方向跑走了。

礼子第一次被男人抱住，是四年之后同康亲订婚的时候。他们两个去参加朋友的婚礼，在回来的汽车里，他将手臂伸到礼子的背后。她穿着长袖和服，一身豪华绚烂的衣着，使她很难挣脱。当未婚夫的臂腕揽住她的脊背时，刹那间，礼子浑身仿佛吹来一股又甜又酸的潮风。那种感动，犹如掉牙之后齿槽里涌出鲜血，浑身冷颤颤地直发抖。激烈的心跳似乎就要冲决胸前的花轿车轮的图案。她一个劲儿紧闭双目，推开康亲的手。

“好疼！”

“哪儿疼？”康亲露出一副沉着冷静的神色，明显失去了关怀的热情。

“衣服内有针，在背缝那。”

“瞎说，你这是神经过敏，哪儿？让我看看。”

“不，不能那样，司机会看到的。”

康亲也恍然大悟，他放开手，颇为不悦地袖起手来。

“必须改换战术。没想到礼子你是个爱撒谎的人。不知道你是从哪里学来的，不过这谎言太离奇了，是仿制品。可是撒谎的目的达到了。”

“不是撒谎，等会儿找到针给你看。”

“为防备万一就在背上藏针？就像怀中宝剑一样。”

这些琐碎的争执，后来想想倒颇有意味儿。康亲遭到天真的婉拒，有些焦躁不安。不到一个月，礼子在旅行途中，从康亲那里学会一种更加极端的行为。奇怪的是，她丝毫没有受感动。汽车内那种乍一看无意义的拒绝，内里保留着她倾注全部精气神儿守护的东西，但她已经丧失重新将这种精气神儿索回的气力。在礼子看来，使她本人变得如此软弱无力的责任，全在于康亲。为什么呢？因为在旅行的最初机会里，她只不过豁出了自己的一部分，但康亲却将其理解为车内小插曲的延长。她的一番苦心，硬是被他那勉强做作的傲慢的宽容忽视掉了。此时，礼子渴望认定自己的纯洁毫不足取，而她的那种渴望没有被年轻而粗疏的康亲所彻底理解。康亲未能看清礼子躯体内所具有的微妙的矛盾，而只是一味认为她因无知而吝惜感情。

比起这种性格和心理上的阴差阳错来，礼子决心同他分手的直接动机——传闻他在京都放荡不羁——等，反倒是小事一桩了。

如今，她面前有了个和那时的康亲不同的男人，一个立即相信自己被针刺疼的男人。礼子眸子里，闪耀着强有力的异样的光芒。几乎与此同时，一种同样强有力的顾虑使她的心猝然变冷了。

“这位青年的轻信又是怎么回事呢？他如此轻易信任我，这种难得的心情同时又让我坐立不安，一种恐惧时时折磨着我，这到底是为什么呢？假若针的刺疼只是出于我的神经过敏，更坏的是，他一旦明白这只是我无意识撒谎的本能在作怪，那么，我将失去自我存在的地盘，不是吗？到那时，他还会来帮助我吗？他要是不来帮助我，那就说明在他心目中，我这个女人根本就不值得帮助……”

“会不会出血？很疼吗？”

“不会，就这样。”礼子仰着脊背，“就这样，慢慢回去，我想不要紧的。”

“电车里很拥挤，有人从背后压过来怎么办？”

“眼下这时候，车厢里很空。”

夏卫用愤怒的眼神仰视着礼子。礼子看见这种情景，胸间似乎涌起一种挚爱着他的意识，宛若乳房一般，沉甸甸地融入她自己的肉体。看着他那年轻的不逊的唇形，骤然间，一种悲苦的情感找到了归宿，一切都不言自明了。

可是，礼子再也不想继续待在这里了，哪怕一分钟。渐渐地那个无法回避的瞬间，即夏卫怀疑她假装被针刺疼的瞬间，正在步步向她逼近。只要解开那个光彩夺目的腰带结，一切就明白了。但因为有了这个危险的秘密，礼子总有一天，会将他的疑惑当作她自身的疑惑。她品味着这种难以忍受的辛酸，即便今夜脱去和服真的在衣缝里找到针，那也为时太晚。因为那已经不是真实的针，只不过是不得已出现的毫无意义的“证据”罢了。

“再见。”

听到这句正式的告别辞，夏卫微笑了。他无从了解那些掠过礼子心头的种种思绪。眼下她那天真的固执，只能使他报之以微笑。礼子本人未能觉察到，她所惧怕的他那老成的不稳定，在此种场合反而拯救了她自己。

“好吧，再见。”

夏卫站起身子，窗外斜斜射进来的一线冷光，清晰地照耀着夏卫笔挺的裤线。

礼子在他的陪送下走出大门，晦暗的鞋凳石上摆着淡红的草履，她从台阶上伸出套着白布袜子的脚，登船似的插了进去。

不知是什么使她迫不及待，礼子步履匆匆不知不觉走过了自己的家门，又使她折了回去。北风呼啸，女人只觉得华丽的腰带底下汗津津的。

这种徒然的努力自然不会得到什么结果，她专心致志只顾一件一件做着自己的事，成天处在一种忙碌的心态之中。因为屠苏酒的酩酊，她走过了家门。这种莫名的急迫心情，也因为日已向晚。面颊一阵阵灼热，是因为冒着北风小跑归来的缘故。礼子认为，这一切都能作出明白的解释。这种想法，引导礼子奔向自由与快活。只有这种自我满足的快活，才是可以免于附带某种理由的义务的感情。

由于接近七草之日[①]，凹间里的镜饼变得像昨日的积雪脏污而坚硬，表面分布着细密的裂纹。犹如篝火燃尽依然荡起缕缕烟气，昨天和今日，过年的气息反而高涨起来。礼子将膝头和手臂偷偷伸进颜色艳丽的友禅织的被炉下不肯出来，直到斜屈着的脚趾比温热的手和膝最先被熏蒸得受不了，不得不脱去布袜子为止。今天，家里的人都去观看过年后演出的第一场戏剧，礼子不喜欢那种无聊的歌舞伎，借口外出，临时决定去了夏卫的家。

双手触到灼热的被炉架，她突然想起背上有针的事。乍看起来

① 即元月七日，日本风俗，这天用七种野菜煮粥而食之，以祛百病。

对于礼子最重要的一件事，竟然被她的健忘掩藏起来。这种掩藏法甚是绝妙。她本来就具有将最要紧的大事忘却的天分。她的渴望或许时常朝向那种忘却的领域。

她坐着，慵懒地解着腰带。腰带一旦解开，一端迅即滑落到榻榻米上。绣着千只鹤的绫子和服刚脱掉一半，突然站起走到镜前合上衣领。这时，她感受到脊背上产生了原先记忆中的那种刺疼。她用指头摸索着背上那道衣缝，那里确实栖息着一根极为细小的伶俐的金属，无疑是一根缝衣针。

她换上便装之后，既不读书，也不做罗纱刺绣，一直围着被炉，盯着放在友禅织锦被子上的那根针，直到天色完全黑暗。缝衣针犹如夕暮中的凛凛霜柱，横卧在暮色渐浓的友禅被面上，纹丝不动。当这根针果然从背部衣缝里找出来时，不知为何，礼子产生了一种“来得及时……”的安心感，但这种安心感却使她感到心绪茫然。是什么“来得及时”呢？又是为着什么呢？

这么一想，她便如此自言自语道：

“我爱他呀。”

就像诗人信手拈来的一句诗，她认为这是一字字生拼硬凑成的毫无意味的句子。

当夜下的雪，到黎明停止了，地面没有积雪。

夏卫去上学的路上，顺便到东京站迎接康亲。他俩从小就是朋友。

大片的朝阳落到月台上，清寒的冬日的尘埃，被照耀得闪闪发光。这是没有任何温度的抽象而透明的光线。正在打扫的站员手里的扫帚尖儿，经阳光一照，看起来似乎将神秘、洁净而干燥的光线捆绑成一束了。

夜行列车仿佛从一端将阳光渐渐捧起，那暗黑褐色的可厌的车体滑进站内。压榨的蒸汽冲破玻璃质的晨空。这种令人不快的通体黑色机械又将咒骂般的撞击声和杂音向周围扩散，好一阵之后才默然停止。

康亲在未停车之前早已站到车厢门前的台阶上了。作为男人，一双过于细长的眼睛不住巡视着左右。但即使从夏卫眼前一擦而过，他也未曾注意到。

两人又拉开些距离后康亲才发现夏卫，于是露出一副早有准备、毫无拘束的明朗的微笑转向夏卫，几乎听不到地“哎”了一声，算是打了招呼。夏卫能如约赶来，使得康亲立即感到，礼子的来信同夏卫之间有着多么密切的关联。

这个青年很清楚，深刻的恼怒和痛苦不适合于自己，他对自己强势的理性和意志力过于自信。就像一个乐天派似的，他相信自己的漫不经心是体悟的结果。当时的康亲似乎并不明白，本来稍微吃些苦亦可寻出解决之途的事，却因畏惧痛苦而逃匿，过后还自以为是自己的理性的功劳。这位康亲并不知道这种令他自豪的行为规范，这回也用来对待礼子的事情了。

“好久不见了。”本来没什么可拘束的理由，却偏偏到了康亲面前忽然拘束起来。为了驱走这种滑稽的心情，夏卫带着一副冷峻而毫无感动的样子伸过手来。“没想到车上这么空啊。”

“是的，昨夜倒睡了个好觉。”

——康亲一双红红的眼睛，背叛了他那快活的谎言。

“这个人干吗一见面就匆匆撒谎呢？”

夏卫一大早前来迎接康亲，本想同他开诚布公地交谈一番，这下子心也凉了半截。这比那种虚假的热情更使人扫兴。

这时，康亲因睡眠不足而发红的眼睛，已经对夏卫心理奇妙而复杂的感觉做出了回答。作为第三者，夏卫看得很清楚，礼子早在这位乍一看颇为轻佻的青年身上埋下了使他痛苦的种子。夏卫因此也预先感知了同一种苦恼。夏卫羡慕康亲，康亲同那种痛苦的明确的来源牵连在一起，夏卫又急于想获得接近自己所预感的那种痛苦的线索。他觉得，不这样做就无法接近礼子这个女人的实体。

于是，去年他初次见到穿着和服的礼子那天的情景，又历历如绘地出现在眼前。

那是稔熟的秋日，令人觉得像那个秋天最后的一天。一个阳光明丽的星期日，夏卫到一所古老的能乐堂看戏。这里是战后两座幸免于战火的能乐堂之一。虽然那不是夏卫特别喜欢的能乐，但在大学同学的邀请下只好来了。礼子和她的父母坐在正面设有隔档的观众席里。

舞台上各种沉滞的动作虽然使得礼子感到倦怠，但她却一身盛装，目不旁视，端然而坐，同她的父母也几乎不说一句话。夏卫坐在斜对面，将这一切都清清楚楚看在眼里。

礼子穿着绣有四君子花纹的紫色绉纱扎染和服，勒着蔓草图案的七彩锦斜纹腰带。幽香飘逸的淡红的衬领使那副秀气直挺的颈项显出温婉。镂空的观世水纹面上镶有翠玉的黄金腰带扣子，那种过于突出的厚重的美艳，使得夏卫深深迷醉。这一切沉甸甸、明晃晃令人眼花缭乱的装束，可以说含有一种令人窒息的不均衡的感觉。

剧场休息时，他俩在走廊里相会，但显得还不很亲密。只是谈了些喜欢不喜欢能乐啦、是否经常到这里看戏啦之类没有什么特别意义的事情。

“你这身打扮我是第一次看到。”

“样子很怪吗？”

她爽快地用右手嘭嘭敲打着背后的腰带结子。

“不是怪，是觉得有点儿不可思议啊。”

“我是妈妈随意摆弄的布娃娃啊。”

比起旅途的疲劳来，京都放任的生活让康亲觉得更加疲惫不堪。康亲还像过去一样，穿着外套的双肩稍稍向左右摇摆，为了不向夏卫示弱，只顾大步大步地走着。夏卫发现自己落后了两三步，立即加快了步伐。

八重洲站口簇拥着排队买票的人群，不断吐出一股股白色的雾气。他们出了站，进入已经开门的一家小咖啡馆。康亲仿佛刚刚注意到似的，他一边为了掏出香烟而胡乱脱掉高级滑雪手套，一边透过玻璃窗朝外头观望。

“也才积了两三寸深啊。”

他说。

“嗯。”

夏卫很清楚，康亲并非一个张口就谈论下雪什么的人。很明显，康亲失去了寻常的自己。他回味着礼子说的“当心被他宰了”这句话。尽管这是不值一提的玩笑，但却说明康亲这人正面临着自己真正的苦恼的根源，这很危险。而夏卫却因为在康亲身上发现了这样的危险而产生了一种病态的乐趣。而两人之间“挑明对礼子感情”的这种真正的友谊，使他特地跑来迎接康亲。而那种危险也使得他们的友谊得以暂且延续下去。

这种轻而易举的心情的推移，使得夏卫迎接朋友那种更为深层的动机，变得像看影戏一般模糊不清。这样一来，他的动机纯粹是想看看那人被礼子的事折磨成什么样子了。

康亲像平时一样寡言少语，他依旧眺望着背阴地里布满残雪的后街。严寒中，只见有个乞丐衣衫褴褛，裸露着肩头，在水泥垃圾箱里扒拉。透过那身破衣，康亲一眼看到他用竹夹子夹起一根鲜绿的冬菜来。逼仄的两间店面的咖啡馆，因为只有两位早客，咖啡始终上不来。借此机会，夏卫仔细端详着康亲，一种痛苦正朝康亲袭来，他本人却一点儿没有觉察。看着看着，不知不觉被一种不可理解的焦躁所驱使，非得将康亲的痛苦夺到自己手里才行。夏卫考虑着用什么手段……他所具有的办法不外乎将自己同礼子的关系原原本本对康亲讲清楚。康亲对于自己和礼子的关系有着十足的信心。在夏卫看来，这种悠悠然的信心最为残酷。

“我先讲讲东京这边的事情吧。”

“唔。”康亲报以一副老成的不自然的苦笑。听罢夏卫一番叙述，他企图列出自己首先离开礼子的一桩桩证据加以反击。京都和东京的距离始终使他燃起狂暴的饥渴。然而，康亲至今没有想到，这种暗暗迫使他走向放荡的火一般的饥渴，正是来自礼子所释放的力量。不仅如此，他甚至以为这是礼子力量衰微的结果。

“我同礼子根本没什么。”

“瞧你说的。”

“你不相信？谁会为了撒谎一大早跑到东京站迎你呢？”

“是我叫你来的。”

康亲认为受到了戏弄，他冷不丁儿说道，随即莫名其妙地轻轻地皱起眉头。

夏卫说着说着没了力气。为了证明“根本没什么”，他把昨天的经过冷静地讲述了一遍。他未曾料到这番讲述竟会如此苦恼，如此痛心。那种短暂的挫折所承载的众多甜蜜的印象，比起记忆中不确定却甘甜美好的部分经过叙说片断蒸发出来的挥发度，更使他感到惊讶——宛若暴风雨的日子里，发现暗洞墙壁上趴着众多躲避风雨的蝴蝶。

康亲露出一副意外的表情。他把夏卫召来，就是为了说服夏卫，使夏卫相信自己一点不爱礼子，要不多久就会主动离开她的。但眼下又有些后悔召来夏卫这一草率的“理性”计划了。要是再折返回去，结果就等于承认自己正为礼子而苦恼。他没有时间倾听夏卫事无巨细的陈述，如今只有一种可能给他带来莫名其妙的感动，那就是相信礼子同夏卫没有发生任何关系。

可是，“针”这个字刺疼了他的耳朵，将康亲拉回到夏卫的陈述之中。

“针是怎么回事？礼子对针怎么啦？”

“你没听说过吗？”夏卫倏忽瞥了一眼，又把自己想抱她时她说背后衣缝里有针的事，机械地重复了一遍。

“你当真？”

康亲问道，眼睛闪着光亮，手指用力握住刚刚上来的咖啡杯的把手。礼子用和那时候相同的理由拒绝夏卫，这无疑证明她还爱着康亲。

“我也遇到过同样的事。”康亲谨慎地将数年前发生在汽车里的事对夏卫说了一遍，口气就像一位绅士对人发出忠告，又像一个阴郁的慈善家。

夏卫圆睁着深沉而毫不畏缩的眼睛，静静思索着这个故事内部所包含的苦恼的意味。这尽管还只不过是苦恼的稚嫩的幼芽，但在一种莫名的勇气的促使下，自己虽然面对难以动摇的疑团，但夏卫却获得了力量，使他确信礼子是真的被针刺疼了。即便“针刺的疼痛”是伪装的，夏卫也还是确信无疑。他的这种奇迹般的力量，犹如冬日午前的阳光，使他感到心脏这个透明的机构满储着静谧。他不知是何种东西突然使自己有了勇气。不一会儿，康亲又讲了下面的话，夏卫听了尽管一时有些伤心，但他还是毫不动摇地排拒了。

“这是假的，她每次都玩这种手法。她用这一手骗取男人的感情，你知道多少人被她这种残酷的手法蒙骗吗？我是第一个，不知你是第几个，但肯定是最新的一个。”

刚摆脱痛苦的康亲尽管这么说了一通，但他一点儿也不相信自己的话。他在听了夏卫的讲述之后，依然坚决相信礼子至今还爱着自己，只是他还缺乏相信“针疼”的能力。

“今天上什么课？”他用一副老大哥的口气问道。

“S 教授的讨论课。”夏卫是国文系的学生。

“几点开始？”

“十点半。”

“那么，快走吧。”他急忙站起身，戴上自己花哨的滑雪手套。“我改变了主意，想到礼子家里看看。”

当天的课堂练习是轮流讲解《太平记》[1]，S教授选了他喜欢的志贺寺上人的故事。这在中世爱情故事中，是少数美文中的一篇。作为同类题材，夏卫突然想起《恋重荷》的谣曲，想起去年赏菊时节同礼子初会时舞台上演出的能乐就是这个故事。这种中世风格的苦恋与死亡的悱恻动人的故事中，有着这样的文字：

这就是恋重荷，
多么美丽的大包裹！

虽说是重荷，
扛在肩头乐呵呵，
不见妹子不休歇。

如果记忆没错的话，舞台上拿出来的“恋重荷”，就是一只漂亮的绫罗锦缎的大包裹。他再次想起来了，当时礼子不是穿着紫色绉纱扎染和服、勒着蔓草图案的七彩锦斜纹腰带吗？

---

① 描写日本镰仓末期至南北朝时代战乱的军纪物语，共40卷。

侍 童

为了筹集被战火焚毁的女生部的重建资金，决定在幸免于难的男生部举办巴扎尔[1]。征集物品结束那一天，捐赠品接待站帐篷和寄售品接待站帐篷里，都挤满了在校学生及其家长，还有往届毕业生们。伊佐子坐在寄售品接待站，她那亮丽的身姿很惹人注目。将近半年前，她失去了丈夫。那个撇下二十三岁妻子的丈夫，在一次公司出差中，遇到了火车相撞的惨祸。这一对无与伦比的虔诚的基督教徒夫妇，到头来受到此次野蛮打击，获得的回报就是在人们眼里，她圣洁的美貌越发清雅动人了。

一个男生部的学生走进帐篷，站到伊佐子面前。这位十八九岁的少年带来的物品，是嵌有欧洲某王室纹饰的地球仪形状的大手表。

“有证书吗？”

伊佐子问。学生的寄售品必须有家长开具的证明书。

“有。”

少年将大手表胡乱放在桌子上，也不看伊佐子一眼，低头把手插到各个口袋热心地摸索着。因为对方转过脸去，伊佐子得以仔细打量他的面孔，好英俊的少年！为此，伊佐子根本没有在意少年掏出的证明书。

“这个，给。”

少年又说了一遍。

伊佐子点点头，收下了证书。她带着一种茫然的羞涩，看都没看一眼，随即夹在登记簿里了。她指着帐篷更里处的工作人员，吩咐少年将手表交给他。

阿久将这件事办得还算顺利，心里感到很轻松。那份伪造的证书也没有被识破。本来，爱面子的母亲叫他将大手表拿去作为捐赠品，可是他用涂改液将母亲写的“捐赠”二字改成了“寄售”。他打算把扣除手续费之后的余额据为己有。

然而，轻松心情的底层，却仿佛坠着一个重锤般的东西。难道是愧意吗？他瞒着母亲，骗过同学，虽说极其自然，内心里不会留下任何阴影，但这又是怎样一种病症呢？他想起来了，也许是因为那天在接待站遇见的女子太美的缘故，他欺骗了美，这使他受到良心的责备。然而，“良心的责备”这一结论刺伤了阿久。自己受到“良心的责备”这件事，使他感到孩子般满腔义愤。于是，他立即寻求另一种结论，但似乎找到又似乎没有找到。就这样，“良心的责备”这个本不情愿的结论，又回转来，在他内心回旋不止。

证书上写的“来岛久”这个名字，留在伊佐子的记忆里。她记得他就是那只十分惹眼的漂亮的大手表的提供者。寄售者的姓名除了有关人员外都是保密的。因此，她把这个名字藏在自己心中，决

① 源自波斯语bazar，公共社会事业单位为筹集资金而举办的慈善拍卖会。

不告诉任何人。

“明天去巴扎尔吗？”

阿久问母亲。

“可以去看看。”

母亲喝醉了。那些蹩脚艺术家以及落魄的好吃懒做之徒，随时都会闯入阿久家赖着不走。父亲一切听母亲的，母亲不必获得父亲的许可，可以随意变卖各种物品。钢琴首先没有了。接着，父亲所珍爱的可做五套西服的伦敦产料子也没有了。六曲二双五彩画屏也卖掉了。这段时间，阿久瞒着父母，很轻易地将种种物件变成了金钱。他把父亲的蔡司相机、观剧望远镜、古旧西装以及十组西服袖扣，都悄悄卖掉了。但母亲的东西阿久弄不到手。每个衣柜她都上了锁，自己的财产每三天都要查对一遍。

母亲的娘家原是贫困的华族，这种怠惰的家族，只培养出一些没有出息的画家和音乐家，他们只好拉来一些同行艺术家，将年轻的阿久的母亲奉为女皇，整日饮酒，下象棋，打麻将。艺术家的定义仅有一行字，就是用别人的钱买酒喝的人种。客厅里不断传来喧闹的声音。

“你在干什么呀？”

“阿峰吗？他在为我算何时交上桃花运，大家正开心呢。”

“恬不知耻！”阿久真想大骂一声，但还是止住了。他越是瞧不起母亲，越是要在母亲面前做个老实巴交的儿子。

“那好，明天我和妈妈一起去巴扎尔。”

“等等，让我稍微想想。”

“提到巴扎尔，栗田阿姨和森阿姨总是要去的吧？”

“你是指矫风会[①]的那些阿姨们吗？”母亲陷入深刻的沉思。每逢母校举行活动，这些盛气凌人的戴金丝眼镜的夫人们总要跟她过不去，她对此感到害怕。她只想到，这都是因为她把自己想成社会上闻名的不良夫人的原故。但她没有料到，如今的时代不像过去那样可以随便介入别人的生活。

“我还是算了。久儿你去看看那只手表是否卖掉就行了。”

——往昔从皇家获得的手表，本是丈夫的财产，对于她来说，除了满足自己的虚荣心之外，也没多大必要非拽住不放。

阿久于当天上午九时赶往巴扎尔会场。所有的教室都摆满了各种高级商品，到处回荡着女人的笑声。一夜之间，情形变得不同寻常了。他还没有充分理解这种变化。他到初中五年级东班自己所在的教室去看看。只见那里同样摆满了服装、百宝架、玩偶、花瓶和装饰品。一对中年占领军夫妇，看见一件织锦壁挂，在询问着什么。回答的人正是那位接受过他手表的美女。

一场英语会话结束后，伊佐子回到自己原来的地方。她那穿着和服的胸间戴着会员徽章，是个小小的蓝色蝴蝶结。她和走进来的阿久碰面了，刹那间迟疑了一下，向他点头致意。阿久明白，这并非是将他忘却的迟疑，为什么呢？或许因为场内阳光过于温和的缘故，她稍微涨红了脸，显得很是快活。阿久注意到了这一点，不用

---

① 基督教妇人矫风会的简称。一八七三年，发足于美国俄亥俄州，以维拉德（F. E. Willard，1839—1898）女士为会长。一八九三年，日本基督教妇人矫风会成立，主张禁酒、废娼与和平。

说，他的脸比起伊佐子来更加布满了红晕。

“啊，上回那只手表……”伊佐子首先开腔了，“已经卖掉了。”

“已经卖掉了？”

阿久下意识地瞅瞅自己的手表。午前九点巴扎尔开张，眼下才刚过一个半小时。他的这一动作拯救了他，同时也拯救了伊佐子。因为这个空当儿里，伊佐子又带着一副长辈般沉稳的微笑，回到了原本的自己。

“是的。”她用原来就有的沉静的语调应道。

“今早八点钟左右，就有许多人围在这里等着开张。他们虽说一身黑市商家的装扮，但都有一份招待券。他们吵吵嚷嚷进来，从口袋里掏出一大把钞票，一边用那沓钞票拍打另一只手心，一边不断购买那些五光十色的东西。那些不可一世的有钱人，花钱如流水，买了好多东西回去。手表就是那时候卖掉的。”

“真叫人吃惊啊。”阿久只顾倾听伊佐子絮絮叨叨的讲述，也没有好好理解她的话的内容，沉浸在惊讶中尚未清醒过来。然而，仔细一想，这种毫无意义的絮叨根本不值得惊讶。阿久那种惊讶的心情，其实是充满一种新的疑问。“那只古旧的手表竟然卖掉了，最近的顾客，真不明白他们心中究竟在想些什么。”

这番颇显老成的话语更使得伊佐子面带大姐姐般的微笑。这种微笑——面对阿久那露骨的孩子般表情的微笑——似乎暗含着责怪，闪现着幡然醒悟后失落的阴影。

“是啊，哦，还有——”她口气坚定，说到这里打住了。

“上回忘记对你说了（阿久很佩服她的记忆），后天下午，在女生部办事处将钱款交给你。”

这时，别的顾客插了进来。

“对不起，小姐。”有人喊伊佐子，“高处那件背心请拿来看看。”

“是这个吗？”

伊佐子伸展腰肢用手够着那件背心，倏忽露出两只雪白的臂膀。阿久低下眼睛，随即离开那里，也没打声招呼。

阿久在走廊上见到同学，问道：

“那个漂亮的女子是谁？”

“哦，那是陶小姐。”同学回答。

“她年纪轻轻的，半年前成了寡妇。死去的丈夫和她都是天主教徒。眼下正是好机会，加油，加油！”

这番话出自一个老练的初中生之口。

阿久再次回味着她那对某件事幡然醒悟后的大姐姐般的微笑。他把她的微笑同她所信仰的神结合在一起考虑，那微笑既显得很自然，又显得很不自然。阿久以为，她心中或许有更值得信仰的东西。

卖手表的钱——

阿久明白。一旦把钱拿到手，就像偷偷卖掉父亲的西服和相机那时候一样，为着某件事情很快把钱花光。一旦有钱，他就会迈动双腿，奔向那种决非能留下美好余味的行为中去。

S町后街，战后又恢复成为一处神秘的区域。起初，在朋友的引诱下，阿久带着寻常的心情到那里去了一趟，也只是以寻常的心情，结识了一位女子，刚刚开始有了个可以称作相好的女人。她长得很漂亮，但那种美只能迎合那些卑微的心理。阿久被她那番耻于自身美丽的艳色吸引了。除却这一点，哪里还有什么诚实？但是，阿久并没有认识到，她所羞愧的正是面对自己英俊的长相。

不知为何，唯有这一次阿久很怕看透自己此种行动所走的道路。他从陶伊佐子的手里接过的钱，几个小时后就不声不响转到那个女人手里，他觉得自己太可怕了。

巴扎尔结束三天之后下午，阿久没有去取钱。

又过了两天，阿久接到伊佐子打来的电话，简要地告诉他，钱在她那里，她问阿久是汇来还是亲自到她家去取。阿久告诉她自己去取，随后挂上电话。这时他才知道，自己等待的就只是这个电话。

陶家住在一座车站附近。

阿久按响门铃时，感到满心自豪。自打上回见到伊佐子直到今天，自己没有犯过任何过失，他为此而骄傲。这种心情也不知是冲谁而来。以往，他一直认为，所谓纯洁就是羞愧，不过有时也可以在心中培养起幸福来。

来开门的是伊佐子。阿久看到一个比从前更加美丽的伊佐子。然而，她只把阿久当作来岛家前来取钱的儿子看待。她在门口把钱交给阿久，然后从他手中接过收条，就把门关上了。他们就这样分别了，各自奔向世上这个谁也看不到谁脸面的奇妙的“镜之间[①]”。

阿久的心碎了。他一时不知如何是好。早知这样，不如由对方指定时间和地点，直接到那里去取好了。他怀着一颗尚未受到伤害的心，还是到那里去了。而且，他把自己的爱全部灌注于所有同伊佐子的美相反的东西之中了，他为这种惨状而深感苦恼。他恨伊佐子没有将他的爱引向她自己。

---

① 能乐舞台镶满镜子供戴面具的演员整装出场的地方。

其实，伊佐子那天怀着期盼在等待阿久。她从电话簿上查到来岛家的号码开始拨电话时，很想从电话里听到阿久的声音。她本该打电话给阿久的母亲，她明明知道自己的这种做法欠妥，但还是打给了阿久。伊佐子听到他那年轻的声音很悦耳。从那年轻的嗓音里，她想象着一个未知的光辉的世界。唯有这时候，她发觉自己已经不情愿在“死亡之家”住下去了。

第二天，阿久到来的时间临近了。她正读着的小说再也看不下去了。她带着去坦白似的心情去告诉住在厢房里的公婆，说今天那位少年前来取寄售大手表的钱。公婆都是虔诚而善良的基督徒，他们不抱任何怀疑地听着媳妇的话，而且非常感动。

“真没想到你还会管理账目呢。”婆婆说，“大伙儿信任你，才把这个差事交给你的呀。”

“巴扎尔净赚二百万元，真叫人吃惊啊。”本为银行家的公公道。

“这样集中起来，总可以建一座简易校舍吧。”

“要建的，难道不够吗？”

“你呀，要知道，如今的二百万抵不上过去的二百元。”

“是吗？不过，我想能建一座漂亮的校舍。不知为何，我总是这么想。也可以盖一座像样的礼拜堂（这是教会学校）。难道你没这个想法吗，伊佐子？”

伊佐子无可奈何地笑笑，应和着。这个家没有一个人关心她内心的问题。她感到孤独。要是丈夫还在，他当会给自己这种心情以处罚。要是丈夫还在，除了丈夫，她也可以爱别人。丈夫生前她是那般热烈爱着丈夫，可现如今，她只能如此想象着同丈夫一起生活的日子。这到底是怎么了？然而，实际上，她的这种心情只能证明丈夫还活在她的心中，一直支配着她。

伊佐子系上围裙，走进厨房。

她想象着那位少年生活中的种种。

来岛家或许濒临危机，少年卖掉那只手表，也许从中拿出一部分交学费吧？也可能那少年为家庭的不和而苦恼，可以想象，没有人会关怀他，为他做点儿好吃的点心。伊佐子在盘子里涂上黄油，锅里放进牛奶和砂糖，点着了火。她要为阿久做一道拿手的点心——古典的法式糕点，这本来也是丈夫最爱吃的。

锅里的牛奶发出咕嘟咕嘟的响声。

她突然想起来了，这是不吉利的点心，为此，自那时以来她再也没有做过一次。（怎么会忘掉了呢？）那次出差，丈夫正是吃了她做的这道点心上路的，没想到死神正在门外等着他。

她连双唇都失去了血色，关上了火。

她走进自己的房间，望着摆在桌面上丈夫的照片，心中浮现出他死去的场景。她虽然没有亲眼看到丈夫悲惨的死，但却听别人讲起过他死时的场面。于是，伊佐子觉得自己是世界上罪孽深重的人。她从丈夫微笑的眼眸里感受到他对自己善意的责难。这件事超越了伊佐子内心所能承受的限度，因此她对着丈夫的照片哭了很久。伊佐子对自己说，她依然强烈地爱着不幸的丈夫，一次也没有忘记过他。

没想到，其后不久，传来阿久按门铃的响声。

这件事情过后好些天里，不用说夹杂着做礼拜的星期日在内，伊佐子自然都是怀着虔敬而安详的心情度过的。

从前在家中做过事的一位女佣写信来说，她如今当上了洋装裁缝，在S町一角开了洋装店，有许多稀有的布料，请伊佐子务必去看看。

伊佐子本来被一位法国牧师邀请去他家做客，她离开那里再去S町，已经过了晚上七点钟了。她的公婆鉴于家住在车站附近很安全，再说丈夫死后的伊佐子也必须有一副好心情，此外他们又对媳妇十分信任，所以对她晚些回家并没有说三道四。

那里不像所说的那样有什么稀罕的料子，伊佐子准备回家。这时，她从窗内朝大街上瞥了一眼。只见有个似曾相识的青年，正巧打窗外匆匆走过。

虽说的确面熟，但她怎么也想不起这位看上去二十二三岁光景、穿着西装的青年的名字。伊佐子一边思索，一边快速跨出店门，朝着青年的背影追去。她凭直觉知道那是来岛久。虽然知道，她还是一个劲儿朝前迈动脚步。因为穿着西装，或许是他的哥哥也未可知，但从他那边走边向橱窗内窥探的侧影以及倏忽一瞥的目光，可以判断他就是阿久。在这紧要关头，伊佐子没有勇气喊住他。而且，他脚步匆匆，看样子似乎有要紧事去办。伊佐子没有意识到，使自己着急的正是嫉妒，她被一种不可遏制的力量所驱使，不得不紧紧盯住他不放。为什么呢？因为眼下两个人互相埋藏于各自不同的世界，能不能再度相见，这次是个极重要的考验的机会。

他的脊背数次隐没于杂沓的人群中。看起来，他已经不是一般的少年了。伊佐子在不知不觉间将他视作与众不同，她倒一点儿也不觉得奇怪。

阿久拐过电影院的一角，走过飘散各种气味的小街。

“这人或许要去喝酒吧？”

对于伊佐子来说，要进入这样的小街，需要一股不寻常的勇气。没料到，阿久很快穿过那里，打个弯儿进入一个奇特的角落。伊佐子忘记了，她一个女人家独自闯入那种场所是多么莽撞，又是多么危险。她只想着留住阿久的脚步，这是符合自己伦理的无愧于神明的欲求，在她那波涛翻滚的好奇心的背后，升起一种企图拯救自己的高贵的需求。

然而，不久她便发现一个使她伤心的结果。一座奇怪小屋的矮窗旁边站着一个女子，阿久一边同她谈笑风生，一边熟门熟路走入那座房子。伊佐子看了，心里感到无比难过，随即离开了那里。

疾病乘虚而入，仿佛来为她做借口，伊佐子在床上躺了两三天。虽说是轻度感冒，好了之后依然拂不掉悒郁的影像。公婆为她十分焦心。他们哪里想象得到：一位充满热情、找到一个正当对象的纯美的年轻媳妇，面对眼下为亡夫所遮盖的世界上的诸相，心中竟会如此震撼如此烦恼。

“上帝啊，请饶恕那位少年吧。”伊佐子一个劲儿祈祷，“那是一种错误，一种过失，一个十八九岁的中学生，不知好歹犯下的错误。我巴望那位少年悔改，并祝愿上帝对他的悔改给与嘉许。”她独自一人在自己房间里反复祈祷。她高声朗诵《圣经》上美好的句子。不这样做，她就会感到有人在她耳畔窃窃私语，扰乱她的清静。什么人呢？对了，那种恶劣的影像越是祈祷越是不离开她的眼前。那是来岛久的剪影，他再不是十八九岁的少年，而是一个更成熟些的青年人的身影。他像丈夫抱住自己一样抱住那个女子。伊佐子的一颗心动辄就面对着这样的幻景，不顾一切地诠索着。这个影像给伊佐子带来太大的苦恼，自打那个晚上起，她再也不能安稳地熟睡了。那不是爱也不是憎，那只是焦心的痛苦。她祈求神明，尽最大努力想战胜这种恶劣的影像。尽管如此，但那影像依然形影不离地紧缠着她，令她苦不堪言。

正巧这时，有人为陶家寄来了慈善舞会的入场券。公婆为了使媳妇心情舒畅起来，打算约她一起前往参加。伊佐子借口为丈夫守丧，公婆明知道她是因为自己的不幸，就对她说这也是他们的不幸，硬是逗起她的兴趣，这才决定一家三口一同前去参加舞会。

没想到，在舞会上陶家被介绍给了来岛家。

来岛家的桌面上微微弥漫着杂乱的空气。阿久的父亲紧缩着身子一个人独自喝着酒，母亲敞开夜礼服的胸口，在别人眼里她显得有些醉态。阿久背向父母，眺望着那些至少比自己更幸福的来往的人们。

母亲遗传给他的虚荣心，使他对这里那些漂亮的女孩儿视若无睹，一个年纪轻轻的十九岁中学五年级学生，竟然选择一个妓女为对象。阿久在这里显得十分漂亮，众多的眼睛轮番在他身上打转转。而他的目光却无聊地凝神注视着一个人。阿久之所以陪同可厌的父母前来，是因为陶老夫妇是主办方慈善团体的得力成员。他想，到这里来，可以看到那位薄情人儿的侧影。而且令他奇怪的是，为伊佐子树立的节操一旦毁弃，他反而更加觉得伊佐子是一位难以忘怀的崇高的女性。就连她让自己吃闭门羹的那种无情做法，仿佛也是因为她看透了他的不怀好意。想到这里，阿久对无辜的自己的苛责更加严酷了。

这时候，他看到一位气质高雅的老绅士偕同夫人一起进来了，伊佐子伴随一旁。作为舞场的工业俱乐部非常宽阔，伊佐子一家同那么多人寒暄之后，也要经过阿久全家所坐的桌子旁边。阿久想，还不是点个头儿就算完事，没料到一位热心的主办人，为了将陶夫妇介绍给来岛夫妇，特地将伊佐子他们带到这里的桌子旁边来了。

伊佐子想，只好闭着眼睛，耐着性子，等待着事情的完了。她决心小心翼翼守在公公背后，不必那般显山露水就行了。她的那双聪明的眉眼，从阿久父母虚荣的背后，发现了不幸的人们的生活。然后，她只是努力做一位同情者。

当然，阿久的母亲也不是个愚人。她一边带着几分酩酊，一边怀着美好的心情有条不紊应酬着。她还时时提起前两天的巴扎尔。热心的主办者一心想把躲在公公身后的伊佐子引入话题，这时便告诉阿久的母亲，说她就是巴扎尔的工作人员。

伊佐子忽然开始忘情地看着阿久，阿久也看着她。阿久篡改出售地球仪手表证书的事一旦暴露，他是受不住那般屈辱的，因此，阿久用求助般的目光盯着伊佐子，而且对她轻轻摇头。伊佐子至今不知内情，然而她却直接感受到一切，向他点点头。阿久眼里满含谢意。这样的默契，恐怕连他们自己也不明白到底是怎么回事。

“上回的巴扎尔我捐赠了一只纪念B国国王加冕典礼的大手表，儿子看了回来说早就卖掉了。”

“只是换回一张简单的感谢状吧？”

不知谁说了一句。母亲大声地发起了牢骚：

“哪里，什么感谢状也没有接到。老——爷（她叫起丈夫是这种声调），没有撕掉吧？”

“没有，我没有撕掉啊。”

伊佐子立即打圆场：

“对不起，肯定是我们疏忽掉了，明天我查一下，尽快寄送。”

“啊，那敢情好。捐赠的钱只要能对学校起点儿作用，我们就满足了。”

阿久闭着眼睛。爱剧烈撞击着他的胸口。他一阵悔恨。

母亲们都去跳舞了，他来到伊佐子身旁，低声表示谢意。他不愿说“衷心感谢”，只是说了声“谢谢”。

然而，这时，伊佐子的心完全想到反面去了。她生自己的气。她以为神不会饶恕她，为什么呢？因为阿久的行为从一开始就是阴谋，而且其目的是为了那个神秘的女子。她虽然完全觉察到这一点，但却突然做出证言袒护他。伊佐子对自己的做法很是气不过。她很不甘心被这样一个小孩子看透自己的心事，可是当阿久坐到她身边的时候，她又不愿离开他。这到底是怎么回事呢？

音乐变了，伊佐子站起身来。阿久也跟着站起来，邀她跳舞。这时，她翻着白眼一直瞅着他。到昨天为止折磨她的丑恶的幻想浮上心头，想象着同他一旦抱合在一起之后将会发生的所有的丑事。她觉得碰一下他的身体也是不干净的。

她一把推开阿久的手臂。

“不愿和你在一起……绝对不愿意。”

伊佐子看到阿久秀丽的脸庞因痛苦变形了。那不是伤了自尊心的大人的表情，依然是失去爱时的少年的面孔。那上面明显呈现出揪心的悲戚的神色。

伊佐子打算采取决绝的态度。爱，还是训诫？爱，已经太迟了。至于另一方，神将会给自己以引导吧。当晚，她及早从舞会归来，将自己关在屋子里，写了一封长长的信，信里充满严肃的忠告和解释。关于她为何推开他的手臂，通过那天夜里一直跟踪他的经过的叙说，证明他的身子是肮脏的，所以她才会那么做。她把一切都写上，并对一切都垂以训诫，祈求上帝的指引。但是对于爱，不置一词。

一旦做了正确和可赞的事后，竟然高兴得脸也感到火辣辣的，她不知道为何会这样。她数度停下笔来，不断用两手捂着发烫的面颊。

写完信，必须立即发出，否则睡不着觉。伊佐子钻出后门，直奔邮筒走去。

“上哪儿去了呀？”

婆婆站在后门口，满脸不放心地问。伊佐子从邮筒那里回来，一边走一边千百次回忆着那位被推开手的美少年的脸色。她走到后门口夜间茂密的林荫下，经婆婆这么一问，伊佐子仿佛大梦初醒，她猝然抬起头来。她那张俏丽的面孔倒叫婆婆感到惊讶。

“去发信了。”

“不如明日寄快件更快些。”

婆婆满心狐疑，但只是凭着一副单纯的好心考虑着。

阿久看完信，心中充满快乐。正是这封信明白地告诉他，当他打算从对伊佐子无望的爱中逃逸出来，去寻求那个女郎的时候，实际上是爱本身在一路追逐着他啊！他凭着自负的手段，从她虔敬的训诫中，一一掇拾着爱的语言。这样下去不行！这封信是他放学后和同学一起去看完电影，将近八点回家时看到的。他只想着必须赶快去见伊佐子。

晚上九点，门铃响了。出来开门的依然是伊佐子。阿久默默伫立着，对方也一动不动。阿久好容易开了口。

“我刚读了信，就赶来了。”

“是吗？”

她稍稍窥探一下家中的动静，走到户外，顺手关上了门。透过夜间的树影，可以看到她那乌黑的眸子炯炯发光，胸脯微微起伏着。阿久从未见过伊佐子如此美丽。然而，她却很沉静。伊佐子缓慢而严肃地说道：

“这么晚，不能来找我。”

“可我……”

阿久一时说不出话。他受到迷信般的恐怖的袭击，他是否对那封信理解错了，还是这个世界本来就是这种样子？

“我送你去车站。我害怕你走错了路，也许会一直把你送回家。”

她说罢迈开脚步，阿久只得跟着她走。

此后，两个人一言不发。阿久知道，这里到车站很近，但是怎么办呢？有谁能拉长到车站的距离呢？他看到了站前广场热闹的景象。行人虽然很少，但所有的商店依旧灯火辉煌。他们越过一条通往车站的公路。

此时，横向驶来一辆汽车，十分危险地从他们面前穿过。刹那间，阿久一把扶住伊佐子的身子。他的右腕重重地揽住了伊佐子后退的脊背。车子危险地穿过后的数分钟里，伊佐子随呼吸起伏的脊背一直靠在他的右臂弯里。

伊佐子此时也从自己的手臂上清楚地感知到一个男人的臂膀。这种感触，使得伊佐子明白自己应该向着哪里迈动脚步。伊佐子走到哪里，阿久就定会跟向哪里。

为什么呢？因为伊佐子不论采取何种形式将阿久引向那里，她都带着充满爱的训诫者的信念。她确信，唯有她才能带领这位漂亮的侍童奔向前方。

车站已经近在眼前。

鸳鸯

久一初次会见五百子，是他参加骑马俱乐部不久的事。

无忧无虑的久一本是八所大学马术比赛的选手，以他家的条件来说，他在学业上虽说马马虎虎，但毕业后即刻就有工作等着他。报纸上成天宣传就职难啦，失业苦啦等等，但他拿到手里只看体育新闻。这么说来，他或许是一个当代流行的感情刻薄的青年。但心地善良的久一，如同一般善良的人常会出现的情况那样，只是稍微缺乏一些想象力罢了。这位单纯和好心的年轻人，富有正义感和勇气，生着修长的四肢和肆无忌惮直视一切的美丽的大眼睛，以及农夫一般素朴的手掌。从外表上看，他具有远离当今轻佻浮华之气的人品，他的刚直不阿的性格，成了喜欢讽喻世俗的朋友半带嫉妒地谈论的对象。他使得父母担心他具有超越未来风波的力量，他那不动声色的坚定的言行，怂恿人们多少带着恶意去面对。

日本骑马俱乐部是大手门内旧主马寮脱离皇室财产后形成的法人组织。如今，六十间马房里养着不足三十匹马，六七个马夫繁忙地侍候着。其中，一个花白头发的小个子马夫，不论对谁都牢骚满腹，每每成为俱乐部里人们谈笑的话题。小学生会员骑马时他也不肯帮忙照料，所以他们都恨他。

在会员中没几个熟人的久一,一般都和与自己同时入会的朋友木下一起来。他们不到俱乐部来，而是直接去更衣室，急忙换过衣服就进入马场。回去时就到办公室，或商量一下赛马会，或听从前的奥运会选手、老年教官闲侃昔日风采。他们同其他俱乐部成员们没有深刻的接触。两人时常逃学，高兴了就到俱乐部露一下面。临近五月的赛马会时（他们对大学马术部贫乏的设备很不满），几乎都到这里的马场来训练。他们穿着法国制的高级马裤，套着揩拭得锃亮的长靴，以及背后敞开、风格仿制骑马服的高领学生装，两人都是一副十分得意的派头。不过，这仅是为飞越大障碍的一瞬间，精心做出的潇洒的装扮。

他们俩是快活、健康、无忧无虑的年轻伙伴，谈起话来，除了马之外，对于这个世界，不具有讲实话、说实事的必要乃至义务。他们有时也用粗野的口气谈论女人。不过，这都是模仿学生的一套做法。对于结婚，他们持有极为陈腐的意见。这种陈腐是诚实的陈腐，是有助于将女学生心中对女性角色常有的空想的陈腐之处一一填满的陈腐。他们一致认为，应该娶个健康、美丽的妻子，最多生三个孩子。

久一比起木下更加显得其貌堂堂，他对女方主动示好的恋爱抱着恬淡的态度。在这一点上，他和未曾受到爱的光顾却淡然自若的木下，两个人深有共鸣。

“要是对方露骨地表示喜欢，那真叫人扫兴啊。”

二十二岁的久一曾经这样抒发过自己静如止水的感怀。

“可不是吗，因为这么一来，就觉得这个世界过于简单，过于无聊了。”木下十分畅快地做出非实用的回应。

两人都不喜欢古典音乐。至于爵士乐，连听几首 hot[①]也不觉得吵闹。他们不跳舞，从不参加软派[②]学生集中的舞厅或宴会场。其中，阅读方面，最多看些报纸上的体育栏目。至于小说之类，打从一生下来，就激不起半点儿好奇心。

毕竟久一同木下稍有区别。比起马来，木下更喜欢马术，而久一却一直对马抱有关爱之心，疼爱马，喜欢马。原为骑兵大尉的老教官，曾经颇为遗憾地为久一打保票说，久一命中注定是一位优秀的骑兵将官。战时，这位少年尽管没有参过军，但他却看到如何以绵密的注意力和爱心对待马匹的情景。世上一些同久一年纪相仿的青年，大多都瞄准各种危险的玩具，并以此为自豪；但对于久一来说，没有比马更可爱更安全的玩具了。马是温驯的动物。这种动物具有易于感伤的心情、果敢的勇气，同时又具有怠惰和胆小的性格。热血偾张的双眼，时而表现出敌意和轻蔑。正因为如此，它才能以较之人类更大的忠诚，一度为赤胆忠心的骑手而献身。

人们常说，纯种马[③]宛然是一件美术品。久一的宝马王锦是个血气方刚、体魄雄健的七岁骊驹。赛马一般四岁开始参加德比[④]，六七岁正当时。久一对于美的判断，虽然一向缺乏独创性，但就像孩子看到飞机觉得很美一样，他对俊丽的王锦满心热爱。马头坚

---

① Hot Jazz，曲调热烈的爵士乐。

② 即软弱派、温和派或以女性为主体的派别。

③ 其血统诞生于十七至十八世纪的英国，是一种为了赛马而刻意培育出来的马的品种，体型高大优美，号称“奔跑的艺术品”。

④ Derby，伦敦郊外每年举办萨拉布赖德三岁赛马特别竞赛（始于一七三〇年英国第十二代Derby伯爵）。一九三二年，日本开始举办Derby。

实、始终昂首而立，毛色紫红，令人联想起精心绘制的油画。长长的鬣毛，自胸至前腿线条优美，好比天马行空。久一从这种马身上获得了一丝不苟的进取力和翻越障碍的忠实的勇气。

有了这种马，王锦遂成众望所归。要是确实想骑马，不如一早赶到俱乐部抢个头名。一天，比他热心于功课的木下起早去上课了，久一独自去了俱乐部。接着，便在晨光浩荡的马场上，骑着器宇轩昂的王锦兜圈子。骑了半个小时，一位会员加入进来，变成了两人。这时候来的都是没工作的会员，大多是学生和妇女。

一天早晨，久一从马房里牵出王锦，在厩舍前看到一个骑厌了小马的孩子。于是，久一把他抱到马背上。这个男孩子看起来是小学二三年级的学生，他不好意思地微笑着，骑在马上郑重行礼道谢。刚入会不久的久一，不认识这个孩子。不过，孩子穿着小小骑马裤，拖着长鞭，样子很可爱。这么早一个人跑来这里，那种心情久一完全能理解。他自己小时候假如喜欢马，说不定也会逃出学校，扔下书包，跑来骑马呢。

这个淘气的孩子，下一个周六下午在俱乐部前又碰到久一，他像做了坏事被人知道一样，带着亲切的微笑，来到他身边。一看，孩子后头跟着一位美女。她就是五百子。

五百子十九岁，既漂亮又略显风骚。然而，眸子里却映出一颗朴素的心灵。她家教谨严，洁身自好，不施粉黛的脸孔，固然称不上什么冰肌雪肤，但些微的黧黑和柔和的血色，让她看上去充满无限活力。不知是有意还是无意，她有些嗔怪地呼唤着弟弟的名字。孩子回头朝那里看看，对久一说："她是姐姐，我的姐姐。"五百子不得不过来打招呼。这位颇有教养的小弟弟督促五百子，也叫姐姐感谢久一抱自己骑马。五百子不知道弟弟一个人来过这里，一脸怪讶的表情。久一立即说明情况，事情才算了结。弟弟的秘密揭破了，受到责骂，久一不断宽慰他。为此，三个人一起在俱乐部前的草地上坐了下来。草地生长着未经仔细修剪的杂草，五百子拔起一棵野草，无所事事地揉弄着，久一看到她的手指渐渐沾上了一层暗绿。两人言语无多。五百子说小弟弟很叫人头疼，久一却给以袒护。一对初次见面的青年男女，像夫妇一般只谈论着孩子。接着，三人一起去更衣室，一起去厩舍和马场。

久一是个身心健康的青年，但性情上却对肉欲很恬淡。或者这样说吧，他从未因割弃肉欲而感到深受折磨，因此，缺乏分析才能的久一，对于某种事物的"喜好"，简直就像杂乱无章的玩具箱而不加整理，这没有什么奇怪。他喜欢马，这是毫无置疑的。他喜欢年轻的一般女子，这也是毫无置疑的。不过，仅针对五百子来说，他并不苛求世俗中那种被夸大成为"爱情"的激烈的占有欲，也不会因未能获得而引起什么不安。他想念她，但一天里的大部分时间，他都忘记了她。他每天依然到俱乐部去，但不会急如星火地到处寻找五百子。

一天，午后的太阳微微倾斜的时刻，久一没有得到王锦，而是骑上了青骢马泷长，木下骑的是枣红马常歌。为了练习跨越障碍，他们去了老城中心。那里是两千坪的高台草地，周围建有石墙，分布着天然林木、干涸的沟渠以及杉树篱笆。久一扬鞭纵马，飞过杂木横斜的障碍，接着，泷长一阵逡巡，偏向了外侧。

"怎么啦？这匹马就是不行啊。"

"向右切去了吗？"

没有越过障碍，而是偏向一边称作“切”。

“是的。”

“只要左手收紧缰绳，右边加点儿力就行了。”

“不过，这样也还是不成。要是王锦，就不会有这种事。”

久一说这话时，偶然看到王锦从石墙一角露出了马头。

这匹美艳无比的马一旦露出全身，骑手便向久一打招呼，原来是五百子。她嫌马场内的运动太单调，独自到老城区来了。迎接她的两个男人的态度，是一阵长久的沉默。五百子却不顾一切地策马直奔久一没有超越的障碍而来。接着，王锦轻轻飞过那里，刹那之间，骑手的衣服在空中飘卷着色彩艳丽的里子。久一看到这番景象，感到自己已经爱上了五百子。

厩舍锁门的时刻快到了。三人离开老城区，走上穿越吴竹寮[①]的马道。这里聚集着众多的小鸟，鸣声聒耳，竹影缭乱。三人都呆住了，又说又笑。

“这里好吵啊！”

五百子、久一和木下，三人都不知道小鸟的叫声竟然会如此热烈。久一更感到惊奇，他的脑子里是从未想到过马有可能会受到某种音响搅扰的危险的吧？

三匹马行进中，看到左首夕阳辉映的图书寮[②]书库，所有的窗户都蒙着铁板，黯淡无光。他们沿着护城河开始走向平川门，这时正巧遇上快速驶来的二头马车，于是赶紧避让。身穿礼服、戴着斑驳的金绶带的御者，一脸木然的表情，同他们交肩而过。

---

① 本为公主的住居。

② 宫内省下设部门，保管皇室资料、图书，编纂皇族实录。

五百子不知何时走到前头，她不时回过头去，嫣然一笑。王锦走在细叶毵毵的樱树林荫道上。

“她怕毛毛虫。”

木下天真地对他说。久一也思索着她那微笑的意思，然而，那思索从一开始就不太符合久一的性情，他纵马加速赶上了五百子。

“什么事？”

“刚才木下说你怕毛毛虫，所以我很担心，过来看看。”

“哎呀，你怎么知道？”

“因为你看着我笑。”

五百子已经不记得自己的微笑。他们回到俱乐部之后，久一在别人看来显得很不安稳，木下心里有数，提前回去了。今天五百子没有带弟弟来，久一便邀她一起走进暮色苍茫的樱田门。

两人谈着谈着，久一和五百子发现彼此有着各种类似点，在许多奇奇怪怪的现象上，都能获得一致的看法。比如，两个人一边走，一边交谈着：

“你看小说吗？”

久一被一种莫名的强迫观念所袭击，不由问道。

“哎呀，我从来不看什么小说。”

“万岁！我也从来不看。不知为什么，反正我最讨厌艺术和艺术家什么的了。”

“我也是，恐怕你也不会认为这是偏见吧？要是有人讨厌大蒜，但总不能说这是偏见呀。”

“言之有理。我呀，这个世界最喜欢的是你，其次是马。别的东西都不在乎，反正总能活下去。”

“我也一样。关于看小说有毒，我一生下来就知道。可世上的人为何都那么爱看小说呢？不管哪一本书，写的还不都是一样的事情？”

“依我看，小说这种东西就是具有这样的性质，专对我们这样的关系指指点点，会受到世界上那些爱管闲事的人的欢迎。”

“为什么有这么些无用的东西？为什么会有这么些多余的、超过限度的东西？有的彩印的照片的颜色偏离图案，有些画面上的衣服的颜色越出了范围，我认为这些都是错误的。越出范围的颜色迟早要回到衣服上。”

“那是当然的。我对自己十分满意，丝毫不感到有什么不足和苦恼。虽然我对自己很是满意，但我却不是那种脂肪堆积的中年男子，我还是这般年轻，帅气。我真想让小说家看我一眼啊。我虽说满足了，但见到你之后，我觉得我的满足实在太渺小了。要是你能同我结婚，那我才会感到更大更大的满足。”

“我还没有答应你呢，请再等上两三天吧。”

两个人为了说话，只是漫然迈动着双脚，沿着暮色低垂中的广场草坪信步而行。街灯突然点亮了，情侣们躲开灯光，在树荫下互相依偎着身子。他们的热吻和低语，听起来宛如潺潺流水。野狗到处寻找着空饭盒子，传向远方的狗吠和远方的汽车喇叭声，相互交合在一起。寂寞酿造的热情，使得五百子采取了将身子靠在久一肩膀上的姿势。她眼睛也不抬一下，只将朱唇朝向星空。摆脱这种极为轻佻的抒情的危险，对于久一简直就像解几何题那般困难。假如那双眼睛没有温存之光，只好采取决然的态度，甩开五百子紧紧抱合的手臂，即使招来误解也没有办法。首先，她那由玉腕的肌肤传过来的温热的呼吸的压力，令久一泛起被逗弄的心情。他感到，自己所爱的这位美丽少女肉体的各个部分，都在取笑他，挑动他，使他感到有些难受。

他以一副男子汉的态度，断然地说：

“要注意，我们无论如何，都不能和那些人走同一条道路。我们即便成为那些唯恐天下不乱的人们的牺牲品，也不可那样做。这话也许说得过早，但我们问心无愧的行为，实实在在的幸福，坚定不移的满足，不大不小的自尊心……我们只本着这些来决定自己的行动。我们一生所努力追求的，应该是平平常常、无一例外的生活。我们要像忠实于错误一样忠实于理性。我们再也不要什么艺术家高谈阔论了。我只满足于自己的创造，那帮家伙也想贸然地加以创造，不过他们就像小孩子，从未尝试过制造完美的东西。”

“你说得完全对。”俏丽的五百子半带不安地应和着，“不过，我们选择的生活方式，要是偶然和某部小说中的生活方式一致，那就糟糕啦！”

“那也不能说糟糕，完全偶然的一致，这就像那种更大的神秘的事件。即便如此，我们也会被那些擅长于侮辱谩骂的小说暗中瞄准，随时都有遭到暗杀的危险。就是说，我们的命运，谁也弄不明白啊！”

“别说那些令人担心的事了。我一见到你，就对你喜欢得不得了。”

“我也是。”

两人很不得体地接了吻。

恋爱进行得很理想。对于这桩没有任何障碍的爱情其神速及寂寥，作为旁观者的我只能目瞪口呆。昨日，我出席了久一和五百子的婚礼。

木下作了充满友爱的致辞。他越是极力逗他们发笑，他们越是笑不出来。不过，木下作为朋友，还是尽心尽力的。他既不是情敌，又不抱有嫉妒，一举一动始终充满美好的情谊。世上也有这样的例子。

讽刺家A，认为那个世界的一切都涂满了灰色的油漆，我要是没有碰见他，这场婚礼也许很值得回味。然而，A把嘴凑到我的耳畔说道：

“真是有这么偶然的巧合啊，久一和五百子都是他们各自的母亲受小说家欺骗后生的孩子。放心吧，那位小说家不是同一个人。小说家多得很，像一堆无用的垃圾。可他们的母亲一边诅咒艺术家，一边施行胎教。结果就生下这么出色的孩子。我来告诉你，今天的新郎新娘最大的幸福是什么吧，那就是他们不知道出生的秘密。”

但是，我却堵上耳朵，根本不愿听这位讽刺家的中伤。

偶人之家

这个故事有点儿像童话，又有点儿像玩过家家游戏。不过，我现在就生活在那则童话之中。平时，我就爱吹牛，假如你不了解这一点，那么你肯定对我说的话深信无疑。

我今年终于定下了工作单位，大学也毕业了，在这个节骨眼上，迎来了春天。想起去年三月，大学二年级学年考试一结束，没等眼前出现踏入社会的不安，那时就早已坐不住了。

正如你所知，我去年很慎重，只修了很少学分。只是打算深入学好功课。二月十四日开始考试，三月二日就考完了。我躲开那些还在被考试的恶魔抓住不放的朋友，一个人尽情去逛银座大街。那天是三月三日午后四时光景。

离开家时本来要去看电影的，但反复无常的我，不可能养成那样的习惯，即看到报纸上电影广告一栏，记住哪家剧场几点几分上演，然后再离开家门。我飘然离开家，来到剧场前面，看看广告。如果不中意，再慢悠悠走到别的剧场前。

就这样，我走了四五家剧场。哪家的电影都不值得我花上一百多元钱。其中，也有一部受到好评的电影，不巧的是，我已傻乎乎地在考试前最不想看电影的时候看过了。其余的，要么就是死气沉沉的中年人的悲恋，要么就是加勒比海海盗遇险后获救的陈腐的罗曼蒂克，这些都不适合考试结束后第二天的心情。

我失望了，继续走下去。各个店铺的橱窗里，都插着桃花，搭起偶人台。原来今天是偶人节[①]，我现在才发觉。去年夏天，妹妹死了，家里只剩下比她大四岁的哥哥我一个人了。父母连从橱柜里拿出各种节日道具，摆在壁龛里的力气都没有了。

今天的确是偶人节。不过，这一天对于我倒无所谓。这是理所当然的，对偶人节抱有关心的大学生，除了那些能够胡诌几首俳句的乖僻的青年之外，还会有谁呢？

不管是不是偶人节，当天是早春时节一个晴美的日子。刮着尘土飞旋的大风的季节尚未到来。天空似寒冷的青瓷，拖曳着几缕飘忽不定的毛刷般的云彩。接着，天色渐渐昏暗下来，街灯和楼房的电灯及早点亮了，在路面上追逐着白天的光影。

我不嗜酒，我连独自到外头吃顿晚餐的钱都没有。如果没有好看的电影，我就只得返回位于世田谷的家。

然而，我喜欢一个人散步，双手插在外套口袋里随意溜达，经过书店时就站在店头看上四五分钟的书，再离开那里。

或许你会问我，在那考试完毕第二天自由的傍晚，没有携手同行的女友吗？

---

① 日本每年三月三日上巳之日为“雏祭”，即偶人节，又叫桃花节，或女儿节。有女儿的家庭搭起偶人台，摆上各种漂亮的小偶人，还有菱形饼、白酒和桃花等，祝贺女儿健康成长。

没有。我虽然谈过恋爱，但没有其他什么经验。我真想大声疾呼：一部分成年人单凭想象，胡说什么战后青年没有一个不是十几岁就失去童贞的，这完全是脱离现实的臆测！不论哪个时代，青春的艰难较之外部更多的来自内部。在今天这个妨碍青春的外部障碍众多的时代里，反而得以不太注意内部障碍，因此，没有失却童贞的青年反而多了起来。这种相反的道理是存在的。

我不打算开始谈论这个问题。首先，这个歪道理不适用于我。

老实说，那时我没有专用女友。半年前是有的……她结婚了。

……鉴于此，我只好回家，回家也没有什么不好。不过我也并不打算硬要回家，只好漠然地在银座随处游逛。怀着这种心情来银座散步的人们，除我之外，肯定还有很多很多。

傍晚是人们出行最多的时刻。步行的女人们的脸孔，在距离橱窗遥远的地方，看起来若明若暗，恰到好处。我来到数寄屋桥四角广场，不想再沿着从那里通向土桥的晦暗的路径走去。那里的人行道行人稀少。从已经落下大铁门的D大楼再向前走两三座楼房，我发现一家时髦的弹子房。

正如你所知，我是打弹子的名人。我这种名人不值得骄傲。这种弹子房肯定是酒馆什么的改建而成，外表像山间小屋，内部的天棚上横着煤烟熏黑的大梁。三十台机器，只有七八个人。

在第一台机器上，我很快赢了两盒光牌香烟。小车在五彩铁皮龟面和颜色美丽的富士山后面旋转，钢珠通过那里之后，小车还在旋转。我总觉得那后面分别藏着一只小白鼠。不久，钢珠突然躲到铁皮扇面背后了，铃声一响，一下子流出众多的钢珠。

然而后来，不知是否因为担心而加以调整的缘故，机器完全不再流出钢珠了。我去领“光”牌奖品，还想继续玩，又买了一些弹子，物色一台能赢的机器，走向前去。凭直觉这台机器似乎能赢。

只见相邻机器前坐着一个女学生打扮的人，她正在拼命打弹子。乍一看，她扎着眼下很少见的辫子，乌亮的头发紧紧绞合在一起，充满生气的麻花辫，一侧下垂着，另一侧搭在肩头，仿佛作为一种标记，挽成一个圆环。

女子穿着素朴的、精心洗刷过的深蓝色外套，红白二色的围巾下，可以窥见内里的水兵服。一般说来，少女的领口总是覆盖着毛茸茸的胎毛，像老鼠一样，可是她的耳边到领口的肌肉，却白得耀眼。

我最初抱有窥视那张容颜的好奇心，可以说明显是因为她那现如今已经很少见的辫子。

我一边操纵弹子机扳手，一边侧目朝她脸部扫了一眼。

“哎呀，是死去的妹妹！”

刹那间，我想。

那印象太奇怪了。定睛一看，少女并不太像妹妹。她眉毛稍浓，圆脸，面颊上有酒窝（大概因为热衷打弹子，用力噘嘴而形成的），可爱的鼻子，大眼睛……这些方面都不太像妹妹。或许一见到和妹妹死时年龄相仿或同一时代的少女，马上就联想到妹妹，当时的我已经养成这样的习惯了吧。

这回我转过眼来，望着少女转动机器扳手的手指。

那指头似乎呈现出“梦幻”的样子，并不纤细，反倒有些粗糙和浮肿。握在扳手上的大拇指和其余四根指头，有些麻木而茫然地运动着，简直像是一副随心所欲的表情。指头用力时，那指头仿佛被什么强制一般，死死抵在机器的扳手上。

她那手指的动作引起我的注意。她只是死板地动着指头，不管投入多少，弹子全都白费掉了。少女堆积如山的众多弹子，只是机械性地逐一落入右边的洞眼里，手指也机械地动着。我看到她那指头似乎觉察出被人盯着，立即显得不自然起来。

我回过神来，抬起眼睛。这时，少女也在注视着我。

她笑了，眼睛没有笑。我第一次看到留下如此印象的眼睛。硕大而黝黑的眸子，深深凝望着我，那双眼睛闪现着外国人般的视线，流动着一种别样的难以理解的感情。不过，她的眼睛确实洞察了我的感情，宛若放射着黝黑光焰的熊熊烈火。那双眼睛实在难以形容。圆润而丰腴的脸蛋儿以及微笑，使我联想起熟透的橘子。

我的舌头僵直着说道：

“我教教你吧。”

少女默默地用力点点头。她那很大幅度的点头，简直就像赞成一项重大决定，颇为好笑。她的举动使我心情放松了。

“这样，一旦选定一台机器，首先将四根指头抵住扳手下方，大拇指压在扳手上。如果进球了就好，不进，则从下边抽出一根手指，用三根手指再试。就这样，一根一根抽出，直到进球为止。关键是大拇指以外的四根指头要配合好。”

“是这样吗？”

她很天真地照我说的试了试，扳手下的手指是三根时，钢珠陆续流出了许多。再试一次，又流出了许多。

她并没有显出非常高兴的样子。而且，对于钢珠的不断流出，也没有保留什么特别执着的表情，就像从卫生间镜前离去的女子，从老虎机的玻璃前离开了。

“哎呀，她没有跟我打招呼就回去了。”

我这样想着，望着她那双手抱着钢珠走向门口的背影。来到奖品窗口，她低着头说着什么，立即用手接过一盒光牌香烟，兴高采烈地回到我身边。

“这个，给，谢谢啦。”

“可以吗？”

我的性格是来者不拒。我把光装进口袋，瞧了瞧少女的脸，她说了句“再见吧”似乎正要走开。谁知少女却一言不发，一直没有离去。我只好又回到弹子机前。一直不顺，一个钢珠也没有获得。全都打完了，我掏出手帕，擦了擦弄脏了的手。

就这样，最后两个人肩并肩一同走出弹子房。我心里很高兴，肩并肩走着，也不瞧她一眼。

我从未有过这样的经历。走了一阵，少女吊在我的臂膀上。这显得很自然，这样的动作一点儿也不令我吃惊。

“真奇怪，这姑娘好天真啊！不会是故意撒娇的野鸡吧？”

我们站在交叉路口。此时，少女热心望着空中电光板上的新闻报道，信号灯变绿了，非等我再三催促她才肯挪动脚步。

我们没有一定的去处。少女只是默默跟着我走。就像时常在街头遇见的小狗，走到哪里跟到哪里。这位少女就是如此。

我感到一种诱惑，很想仔细询问一下她的身世。不管她是哪类女子，反正我乃一介书生，穷光蛋不怕贼来抢。

“肚子饿了吧？”我问。

“嗯，有点儿饿了。”

少女含糊地笑了，她那毫不卑贱的笑颜令我满意。我们在有乐町车站前闹市的一角，走进一家面向学生的餐厅。接着，我问少女想吃点儿什么，随即要了两份鸡肉饭。提起鸡肉饭，可也算是受欢迎的晚餐吧？她安安静静吃着饭，不时抬眼看看我。

我百般思考，始终摸不透这位少女的心事。你听了也一样不明白吧？首先，她穿戴质朴，但在来往的行人当中，一点儿也不显得寒酸。

“你叫什么名字？”

我首先问她姓名。

“神田清子。”

“我说你啊，是不是会和这些来来往往的男孩子中的随便一个交往？”

这样问有些失礼，但看起来她毫不介意。

“哎，我只和你好。”

“谢谢啊。”我还有闲情做了个鬼脸，“不过……我，没什么特征，为何只选择我呢？真搞不懂。”

清子仰起纯白而可爱的脖颈，喝了口杯子里的水。

“我一见到你时，心想，就是这位了。从前好几次梦见你，你呀，同梦中人一模一样……今天不是偶人节吗？家里要摆设古老的偶人，喝白酒哩！家中只有我和母亲。今天早晨，母亲一边望着偶人台，一边说：‘你真像个女偶，可就是没有男偶啊。’”

“嗬——”我的兴趣越来越浓了。

“于是，我说道：‘好吧，我找个男偶来吧。’

‘可不，去找个来吧。只有这样才好庆祝偶人节呀。’

‘今晚上，我一定找个回来。’

‘啊，那敢情好。我马上祈求偶人菩萨，但愿能很快找到。’

‘妈妈，我以前梦见过一个人，今天肯定能见到他。’

‘他是怎样的人呢？’

‘他是个很好的人，妈妈也肯定满意。’

‘我等着，快些去找吧。’

于是，我今天就到东京来了。”

“到东京来？你家不是在东京吗？”

“虽属于东京都，但在北多摩郡呀。”

“哦，挺远啊。你一个人经常来东京吗？”

“我常独自一人跑来看电影。”

“没有朋友吗？”

“朋友？一个也没有。”

果断的语调里不含一丝感伤，仿佛一切都是理所当然。

我很吃惊，对她的事很着迷。我们谈话之中，不管是汽车的喇叭声，还是弹子房扩音器播放的流行歌曲，都丝毫没能闯进耳鼓。不光如此，就连店里的留声机播放的爵士乐，也只像秋风过耳。我感到店里静悄悄的，好像只有我们两个人。

说话的当儿，她那碗鸡肉饭早已风扫残云，而我还剩三分之一。

“不吃了？”

她看看我的碗问道。

吃完饭，你猜我们怎么着？说起来很自然，按照她的吩咐，我跟她去那个位于北多摩郡的家。

武藏小金井车站，从三鹰站再向前还有两站路。坐在中央线电车里的大段时间，其间，我对清子仔仔细细打量了一番。正碰上下班高峰，到中野、荻洼一带这段时间，车上十分混杂，我紧紧攥着吊环，少女死死抓住我，车子每摇晃一次，我的外套的领口就被她牵拉一次。

我知道，热恋中的少女，一般不会露出呆痴痴的表情。她默不作声，只是好奇地瞅着我的织着杉叶花纹的外套。她的身个儿正好到我肩头，这期间，她用指头摸索着水波状的杉叶纹路，最后伸开手指，不住抚摸着我的领章。他把我当作一棵树看待。

“这枚J字徽章是什么意思？”

“表示法律。”

“法律？唔，好厉害。”

那种口气显得很麻木。两人望着车窗外近处新宿大街上的灯火。

今夜，我有一种奇怪的感觉，觉得电车总是在灯光的中心停站、发车，接着又离开灯的乐园而远去。乘坐的电车就像一条船。心里总是想到航海，一直向着未知前进。

有空位子了，我俩坐下来，已经没有话题了。要想再聊下去，要么谈自己身世，要么向她发问，二者必择其一。

清子和我都望着正前方，紧贴着身子。我一点儿不觉得自己的长相像个男偶人。不过我倒想，我们正如一对包裹在丝绵中的偶人，被装在箱子里了。想想真好笑。

我们在武藏小金井站下了车，街道很短，立即进入晦暗的野外道路。我配合清子的步伐走着。只听到我的脚步声，加上又是刚买的学生鞋，走在东京中心大街上听不到声音，可在这幽静而又漆黑的道路上，却发出可怕的“咕咚咕咚”的巨响。我发现清子脚下没有什么声音，此种发现一时令我毛骨悚然。不过，这没什么奇怪，我注意到了，原来她穿的是帆布运动鞋。

她的两只脚走在黑暗的道路上，轻盈而无声，好似暗夜中的一对白蝴蝶。

夜气寒冷，我竖起外套领子走着。道路两旁排列着武藏野富有古老风韵的高大的山毛榉。走完这条林荫道，便是一望无际、耕作过的黑土起伏的柔软的农田。夜空分布着薄云，月亮尚未出。远方森林低俯的阴影，看过去一派模糊。

自行车的灯光摇摇晃晃走近了。

车上是个青年，他斜过来身子，朝我们睃了一眼又骑走了。

灯光照亮了我们的外套，这时我开始感到某种近乎色情的东西。那之前的过程是那么非现实，距离色情或恋爱十分遥远；眼下自行车头灯些微的圆光，突然将我们的二人同行变成了现实。

你想打趣，问我这时有没有接吻，是吗？行人稀少，路面黑暗，接吻倒是随随便便。不过，没有。我只是终于握了握她的手，那手很小，很柔软，而且很冷。

我一点儿也不认为自己很大胆。不过，刚一见面的姑娘，泰然自若地跟她一起来到远离人烟的地方，这无疑可以归入大胆一类的人种。然而，对于我，这一切都很自然，就像上了麻醉，什么也不考虑了。

清子左拐右折，通过墓地和竹丛旁边时，她似乎有些害怕，用力握住我的手。

不一会儿，从高高的篱笆墙一旁穿过，我听到了低微的水声。

“这里是什么地方？”

“河堤，那一排树木是有名的樱花树。”

可不是吗，黑墨濡染似的茂密的古老樱树，满树枯枝，排列在比道路高出半米的河堤上。

“那里就是我家。”

清子大声说道。斑驳的篱笆墙空隙里，漏泄出灯光。

“我们打院子里进去，吓吓她好吗？”

走到篱笆墙跟前，她压低了嗓门，声音甚至有些奇怪。接着，她拉起我的手，打开篱笆一角的栅栏门，走进院子。院子大约有二百坪吧，树木稀少，枯草倒伏在地上，随处生长着一簇簇山白竹。房子附近一带的山白竹，围绕着水盆，枝干高大，朦胧地映出室内的灯影。近旁一株古老的红梅，开着稀稀落落的花朵。

点灯的屋内，透过玻璃门看得很清楚。八铺席大的房子里，装饰着大型偶人台，铺着红毛毡，内侧偶人冠带上坠着璎珞般的金色小珠子，从庭院里看过去，摇摇荡荡，光明闪耀，好看极了。

一位初老的小个子女人，低着头坐在火钵前。榻榻米上摊开着杂志什么的，她一面烘手，一面阅读杂志。

清子穿着白帆布运动鞋跳舞似的边走边跳到玻璃门前，用手掌猛拍玻璃，发出几乎碎裂的声音。

从门外望去，小个子老太弹簧般地跳了起来。

清子高兴地大声喊道：

“妈妈，找到啦！”

我不好意思露头。我感到自己也变成长期藏在橱柜角落里的铅笔刀、纸袋、宝贝瓦盆之类的东西，今夜又要被那胖乎乎的手指翻腾出来吧？

神田家偶人节的夜晚十分完美，是我生平度过的最有意味的偶人节之夜。门外寂静无声，侧耳倾听，好容易才听到远方电车的轰鸣。

室内灯火辉煌，使得面对偶人台打坐的客人的心境一派明净。我发现自己胸前闪光的金扣子耀眼夺目，坐在那里很不自在。

“欢迎你来做客。”

清子的母亲对我深深行礼，我抬起头来时，她的头依然伏在榻榻米上。

这个家里，一切都是那般矫揉造作、装模作样地按照礼仪进行。清子到厨房帮母亲做菜，我一个人留在八铺席的屋子里。

灯火灿烂的偶人台十分美丽。这些偶人都是各个时代有来头的代表人物。首先，偶人的面部很精致。

最上段内侧偶人的背后，围着一圈儿小小金屏风，屏风上连金属零件都装饰着镂金花纹，如今是造不出来的，包裹在缎子内的红焰闪烁的雪洞[①]也一样。三人一组的官女、右近橘和左近樱[②]精细的绢花、五人乐队[③]以及杂役等等，都做得精巧别致，古色古香。杂役滑稽的容貌，直接摹写画卷中庶民的脸型，惟妙惟肖。

菱饼盛在泥金花纹的高脚杯里，白酒斟在一对泥金花纹的金刚石小瓶内。那瓶子一如香水瓶大小。尤其令我惊奇的是偶人节道具之精密，包括台架、火桶等，一切都是宫殿风格的泥金画装饰。最下一段摆着各种古老木纹的偶人、御所偶人、象牙虎以及唐狮子。

“对不起，让你久等了。”

清子的母亲端着饭盘进来了。紧接着，清子也一本正经地端着饭盘进来了。她坐在我身旁的坐垫上，将端来的饭盘放在自己面前。

我大惑不解。娘儿俩的饭盘小得令人吃惊。

夸张点儿说，那饭盘就像烟灰缸一样大小，里头或许是用镊子夹住制作的菜肴。饭盘里照旧有汤碗、饭碗。打开汤碗，漂浮着一小片淡红的面筋、三四根粉丝和一片菜叶。

我不知如何动手，感到很困惑。

清子也斜了我一眼，笑了。

“要喝白酒吗？”她问。

“是啊，可以喝点白酒嘛。”母亲也跟着说。

我们的饭盘上，摆着几乎能放进眼睛内的木质小酒杯。

母亲暂时回厨房，拿来一只箭筒似的东西，里头插着长柄的小型铫子。口边装饰着红白纸蝴蝶，打着金银结子。

---

① 雪洞，以绢和纸等为外罩的灯烛。

② 平安京御所紫宸殿南阶梯下西侧和东侧，分别种橘树和樱树。

③ 从右至左分别为演唱地谣和演奏笛、小鼓、大鼓和太鼓的五个偶人。

我手忙脚乱地拿起杯子，滴进一两滴白酒就满了。

“请干一杯，请！”

母亲煞有介事地劝着酒，我一口喝干了，险些把杯子吞进去。

斟了几次白酒，铫子很快空了，母亲不断起来去灌酒。我想，这多麻烦，因为在别人家，只好沉默。

这时，清子说：

“哎呀，醉啦，好痛快啊。”

“你喝了不少酒，别勉强。”

“我脸红吗？”

“哪里，一点也不红，灯光一照，亮晶晶的，就像女偶人一样漂亮。”

“妈妈，我，困了。”

清子似乎忘记身边还有个我，撒娇地说。她扭着身子坐着，两腿严严实实包裹在满是襞褶的裙子里。

“困了就去睡吧。”

“对不起，我去睡了。”

“可以吗？这孩子真的想睡了。”

母亲对我说着。我一点儿没有醉，也不可能醉，不过，我对场内的空气倒是真的沉醉了。偶人台上的雪洞灯光，在我眼中一派迷茫。

“请便吧。”

“哦，那好，去吧，清子。睡衣，到那边我替你换。”

“晚安，哥哥。”

清子第一次这样叫我，稍稍扭着身子站起来。

“哥哥再见，我先走了。”

娘儿俩去了，我猛然回过神来。

“我先走了”这句话，究竟什么意思？

母亲照顾女儿睡下之后回来了，我向她道别，母亲死活不放我走。我说还有电车，而且时间才刚刚十点钟。

我同母亲进行了长久的问答。我说自己家里不太允许无缘无故外宿，随口回绝了她。谁知，一旦瞥见雪洞内即将燃尽的摇曳的烛火里的小偶人，心里就动摇开了。我想起那个小辫子，心情从未变得如此不可理解。

“那么，今晚就麻烦您。”

一副古板正直的学生做派。不用说，卧室肯定是另外的屋子，那我就一边想着小辫子少女的幻影，一边慢慢进入梦乡好了。

母亲拿来了睡衣，我在她的劝说下换上了。

这当儿，母亲把偶人台雪洞中即将燃尽的蜡烛，换上一支新的，点着了火。她已经吹熄了另一侧雪洞中的烛火，她个子矮小，要吹灯必须踮起脚尖来。她把点着的那盏雪洞端在手里，领着已经换上睡衣的我来到走廊上。廊子上寒气逼人，打开顶头一间屋子的障子门，黑暗中有一股奇异的甜香。

“请吧。”

她说道。

华丽的友禅纺被子摊开在一边的床铺上，看到了雪白的枕头。母亲将雪洞放到枕头旁边，只见对面还有一个枕头，铺展在枕上的是一头乌亮的辫发。

我一时喘不出气来。

掉转过来的脸孔，在小小的雪洞灯影中微笑。接着，她默默掀开被子要我进去。淡淡光影下，少女的乳房看起来模模糊糊。清子脱了个精光。

通常，童男和处女共寝，不可能达到完全的行为。那天晚上，即便童贞的我那般陶醉，也没有推翻上述不快的结论。然而，像那天晚上那样足以出现奇迹和不该发生的事的夜晚，再也不会有了。想到这里，我无话可说。

翌日早晨，轻雾萦绕。她沿着河堤为我送行，最后一直走到车站。其间，两人都没有说话。到了检票口临别时，清子是说了什么的，我想。

“再见。”

她是这么说的。而且，她用那黑色火焰般的眸子一直凝睇注视着我，还握了手。

我没有再访偶人之家。

因为害怕呢，还是不愿将一夕幻影变为现实?

总之，直到最后，对于我来说，尽是些不可解的东西。或许我愿将这些不可解一概珍藏起来吧? 大概只有一个合乎道理的说明：那是一个普通童男欢度的初夜良宵，此外再也不会有那样的事情了。

初夏，我结识了一位现实社会的女子。秋季过半，我被那女子给甩了。

当时，一股难熬的冲动袭击了我。我脚步狂乱地跑出家门，乘上中央线夜间电车，到武藏小金井站下车。

那是个秋月明媚的晚上，那次同清子一起走过的道路虫声如潮。月光将众多的树影映在路面上，描画出奇怪的形状。我脚步匆匆，一路小跑。为此，本该转弯的路我似乎走错了，不论怎么走，总是寻不到那座篱笆墙和通往流水潺潺的河堤的十字路口。

一家药房兼营杂货店和香烟铺子，这座简陋的店铺还没有关门。我向坐在账房内的看上去不太开心的老爷子，打听神田家的住址。

“噢，你问那疯子娘儿俩的家呀？”

老爷子忽然来了兴致，他用一副不同于面部不快表情的带有鼻音的语气说道。

“你说疯子？女儿的名字叫清子。”

“是啊，那姑娘和母亲都是性情沉稳的疯子，一对浪荡女子。离了婚的男主人给她们寄钱，她们整天价什么也不干。不熟悉的人不认为她们是疯子，她们已经掳掠过好几个男人了。有个时期，闹得满城风雨。可最近，谁也不再说了。那些风言风语的人，也都厌倦了吧。再说，近半年来，没听说有男人来过。至于她们是怎么生活的，没有一个爱管闲事的人前去窥探过。”

我受到打击，脸色惨白。问罢了路，也未好好道谢一声，就离开了店头。

去还是不去？我是多么犹豫不决啊！你完全可以想象得到。不过，我一边犹豫一边前进的当儿，听见了微微的流水声。那正是通往河堤的道路。

神田家就在附近。秋天里的篱笆墙，不像上次那般稀稀落落，但随着我往前走，篱笆墙内不时透射出闪烁的灯光。我来到栅栏门前，一推就顺利地打开了。我眼前出现了一座秋草离离、虫声唧唧的荒僻的庭院。

当时，有另一样东西从同一个位置射入我的眼帘。那件东西鲜红耀眼，闪闪放光，透过玻璃门看得十分清楚。偶人台装饰得同那天晚上完全一样。

也许你觉得好笑，仲秋之际还会有人过偶人节吗？然而，既是疯子，即便盛夏也有过偶人节的权利。

我定睛观察。

同样穿着水兵服的少女和矮小的母亲相向而坐。那位少女和身边有我在时同一姿势，同一位置，同一方向。面前，鲜红夺目的红毛毡上，内侧偶人金色的瓔珞光明耀眼，摇摇荡荡。我的耳里满是秋虫的鸣叫。

我在原地站了好久好久。母女纹丝不动，简直就像木雕一般。而且，我以为，要是招呼一声，说不定会真的化作木质雕像了呢……

不一会儿，我离开那里，折回车站。

你会作何解释？

自打我那天舍她而去，母女两个每晚都是那样等着我吧？哪怕是秋天，女偶人也要欢度偶人节，直到盼得男偶人归来为止，不是吗？

也许你会说，这只是美好的设想吧。但大凡美好的故事，都不得不伴有美好的设想。假若发疯能够创造美好的故事，那么正常的我们平时所无法想象的美好的空想，不就只能靠发疯来实现了吗？

想来，你不会认为我在胡言乱语吧。

早晨的纯爱

上

那天早晨，良辅夫妇作了一次长久的清凉而爽适的接吻。

说是早晨，天空刚麻麻亮，他们来到露台上，互相从对方的唇际，感受着黎明时分薄荷水般的空气，接着再用舌尖儿互相抚弄着夜间焦灼的口腔内的热流。这是一次久久不倦、永无休止的接吻。

各处传来鸡鸣。果树园的树木笼罩在迷离的雾霭里。虽说已是五月，他俩依然感到肌肤冰凉。妻子玲子穿着蓝色睡袍，双手搂着丈夫的脖颈，踮起脚尖儿，乳房从无袖衫的袖口溢出，看上去像在微微的晨风中摇荡。

玲子看起来不像是四十五岁，一身毫无倦意的雪白的肌肤，疲惫似乎藏在内部，沉淀于心底了。虽然有时候看起来透明如黑色的沙砾，但那已经不属于肉体的领域了。怎么说呢？这么说吧，她对表面的肉体加以精心保护，维持不变，不受世间任何事情的影响，以免搅浑生命表层透明的清澄。活着，变老……俗世间一切尘芥，堆积在机体深部，不再属于肉体领域了。或许可以说那是精神的领域，是经常进行腐败和分解作用的垃圾处理场，是虽生已死的领域……然而，它绝不会波及她的外侧，影响到她的肉体。

年届半百的良辅同样如此。两人初会时，俊男俏女，堪称是天生的一对儿。良辅二十三岁，玲子十八岁。经过战争期间七年的交往，战争结束后，良辅复员回来。两人结婚时，良辅三十岁，妻子二十五岁。二十年的婚后生活中，两人没有生孩子，整个世界始终只有他们两个人。

战后，良辅在父亲遗留下的住宅里，无所事事地度过了二十年。没有人知道为何会这样。有人说，是得益于战争结束前夕良辅的母亲从外国偷偷运进的大量宝石。据说母亲在雪花膏瓶底藏了好几粒十克拉以上的宝石，带回了日本。

然而，父母死后，良辅为了维持他们夫妻的生活，确实发挥了理财的才能。他针对各个时期的经济形势，因势利导而致富，过着游手好闲的日子。这种无所作为的生活本身，就是对于某种事物的复仇，两人巧妙地管理着财产，灵活地使用，仿佛从这个世界一旦失去就不会再来。他们生活在唯有两个人的爱的天地。

他们生活在唯有两个人的爱的记忆里，这样说也许更适当。他们将一分一秒都赌给了那最初的相会、那美好的最初的惊愕中了。玲子从五十岁的丈夫身上，反复窥见了他二十三岁时的面影；良辅从四十五岁的妻子那里，不断发现着她十八岁时豆蔻年华的形象。

这是一种怪异的事吗？如此将主观的美的幻影使得别人也能感受得到，这种事是根本不可能的吗？其实，两人打从结束实际年龄二十三岁和十八岁以后，亦即自他们的二十四岁和十九岁以来，这件事对于人生或者对于推进人生来说，成为两人最重要的课题。实际上，他们始终执拗地追求着，毫不气馁。他们多次回到最初的幻影之中并对课题加以确认，他们异常年轻的外表促成这一愿望的实现。

然而，不论如何年轻，总是有限度。他们渐渐躲开白昼之光，同时也厌恶夜间人工之光，独爱傍晚和黎明时分的微妙之光。在这种暧昧的自然光线中，五十岁男人和四十五岁女人，沐浴着仅有自己轮廓的某种微妙的自然的惠爱。他们知道，唯有在这样的暧昧之中，自然才会放松苛酷的法则，将他们远方青春的反照加以保鲜，像那山头曙色一样。

玲子至今还清楚记得，自己十八岁时，偷偷从母亲的化妆台里拿出香水搽。当时，良辅还夸奖说那香水很香。因此，香水对于她来说，是人生最为庄重的香气，玲子只有在和良辅那种特别的场合里才搽。而且，现在更是不可离弃，每逢良辅需要闻到这种香水的时候，玲子便心领神会，就像自己十八岁时所做的那样，想尽办法使自己的胸脯不断升腾起淡淡的幽香。

如今，这种香气又飘溢于两人相拥的露台之上。这时，四十五岁的玲子实实在在变成了十八岁。

良辅的家位于多摩川对岸东京外侧，从二楼露台看过去，眼下广阔的果树园远方，嵌着一线银白的河水。最近，这一带车辆多了起来，不过良辅家得到前面果树园的保护，挡住了噪音，每逢朝雾萦绕之时，好像面临乳白色的湖泊。

现在，玲子穿着蓝色睡袍的身子，即使浸在五月早晨的冷气里，浑身也像火炉中燃烧的炭火一般灼热。良辅爱抚着的玲子的身体，每个部位都具有爱的敏感的回应，那肉的摇荡，随着良辅手指的伸展，都能一一传递着苏醒般的新鲜的颤栗，犹如一位将全身力气集中在足尖儿上的少女，一切都是为了回到她的十八岁。

良辅身强力壮，他同二十年相厮守的妻子接吻时那种真率而恍惚的心情，不像是五十岁的男人。他仍保有青年健壮的膂力，他那抚摸妻子香发的手指肚儿，同这种膂力互为表里，蕴蓄着年轻人青春的震颤。

这是一次美好的接吻，多少年了，他俩从未品尝过如此纯净而飞翔般的接吻了。

不用说，为了筹备这样的接吻，他们付出巨大的努力，进行了为世人所侧目的复杂的人工试验。然而，唯一不容怀疑的是，这瞬间的接吻，于此世是自然的事，两人为了成就这瞬间的自然，强使自己付出了巨大的不自然的努力。

这是不得已的事。为了对抗自然、欺瞒自然，然后再次调动自然本来的朴素的力量，必须最大限度发挥人的智慧。开始的几年，两人只是借助诗和想象力，然而诗和想象力一次性的性质，很快使得回溯同一源泉的努力干涸了。自己所要呼唤的神祇，依靠诗和想象，仅仅露过一次面。他们一旦切身感到这种无效，两人便通过演技试图挽回。演技的特征虽然在于反复多次才能生效，但为了反复，必须保持心境冷彻才行。

两人所要唤起的事是单纯的。一个五月的早晨，清炯炯的少女的眸子投射在可爱的青年身上，原野上朝露瀼瀼，地平线上高高耸峙着战争和生存的不安，分别在即，接吻犹如晨光最初的一闪，掠过两人青春的唇际……多么难忘的爱的幸福的姿影啊！然而，结婚二十年来，丈夫总是在那里，妻子一直在那里。但谁又能归咎于此呢？“在那里”这一事实是无可改变的；“在那里”一旦变得确实，腐败即行开始。他们不同于世上一般夫妇，极尽全力抵制腐败和分解作用。

……诗、想象和演技也都用尽了，此时两人便想出个不自然的方法，并徐徐实行之。这恐怕是倦怠之极人人都会想到的办法吧。可是，他们却将此作为世上最为美好而圆满的方法加以运用。他们所要达到的目的，仅仅是在五月的一个早晨，在少女的朱唇上实现一次圆熟的接吻。于是，他们两个开始利用他人。

利用他人这件事所带有的冰冷的轻蔑感，成为二人热情的保证。他们甚至认为，对年轻人如此严冷的轻蔑，正是对他们施行正当教育的手段。

……就这样，如今，良辅和玲子，在五月里一个泛白的露台上，结为一体了。

他们深知，如此美丽的永远充满青春激情的一对儿，寻遍天涯无觅处。自数年前起，良辅一直使用进口染发剂，他的头发光亮如漆，即使触摸也不会弄脏手指。玲子的美丽自不待言，她那忽闪于薄薄眼睑内的满含喜悦的眸子，是微带皱纹的眼睛周围白皙肌肤的中心，流露着敏感的少女的精魂。

两人深深懂得，接吻的巧妙之美，产生于纯真和圆熟稀有的结合，透过绣花窗帘看过去，将会显得多么美好，多么恼人，几乎达到非人间的纯净。

接吻久久持续下去，鸡鸣不已，天光渐渐将两人的轮廓染成樱桃红。

突然，一个黑影，从帷幕后面跑到露台，扑向他们两人。

下

问——姓名和年龄？

答——山胁武，二十一岁。

问——在哪儿上学？

答——L 大学文学部，几乎不去学校。

问——家里几口人？

答——离开父母，一个人住公寓。

问——父母允许你干这种事吗？

答——不允许。我父亲是一家中小企业的社长，他想尽办法让我把他那个小公司继承下来，我对这个丝毫不感兴趣。因为不景气，眼见着老爷子的乐天主义也到了头。可他自己还以为干得很好呢。不过，老爷子的特征是，他一旦生气发火，就给我钱。他认为，光生气不给钱，儿子就会走邪路，干坏事。所以我就拼命惹他发怒，拼命捞钱。靠这些钱，我独自搬到了新宿百人町公寓。

问——你和宫崎百合是在哪儿认识的？

答——当时，我常去一家名叫“Funky[①]”的登摩店。

问——“登摩”是什么？

答——就是“摩登爵士乐”的意思。不知道吧？一般来说，我还是喜欢克利福德·布朗[②]，对他喜欢极啦！这家登摩店“Funky”的老板是布朗尼[③]的粉丝，他只听布朗尼的唱片，我也经常到那里去。我在那儿认识了百合，当天晚上，我和百合两个一时都恍恍惚惚起来。当晚，百合到我公寓来，从此我俩就搞上了。

问——你同百合的肉体关系持续多长时间？

答——半年左右。其间，时断时续。我俩虽说都燃不起激情，但却是一对极好的搭档。百合也很喜欢克利福德·布朗，那种“充满男性威力的富有光泽的‘tone’”，真叫人受不了。她还转卖了一些爵士音乐杂志。说实话，比起两人睡在一起，还是互相肩并肩，共同欣赏布朗尼的唱片更幸福。

一天晚上，我们正迷迷糊糊的时候，一个陌生的客人走了进来。“Funky”灯光昏暗，仔细一瞧，似乎是个穿戴时髦的年轻女子，再加上又是个白嫩的雌儿，吸引了所有人的眼球。可是，当那个女人坐在同我相邻的坐席时，我立即看出了她的年龄。她虽然浓施粉脂，但无疑是个相当老的婆娘。

别看我这样，我也不是很会看女人的年纪。她显得十分年轻，过于装嫩反而讨人厌，所以真格的青年女子，是不大打扮得过于年轻的。一个三十岁的女子，欲出卖即将逝去的青春，当怀有不同于二十多岁商品的自信，因而其肤色没必要显得光彩照人。我认定她是个四十岁的半老徐娘，这推测不会错。

---

① 意为骤停打击乐，由黑人爵士乐演变而来。

② Clifford Brown（1930—1956），美国爵士乐歌手，小号演奏家。

③ 布朗的爱称。

"妖怪。"我想，心情稍稍愉快起来。

"Funky"内的人，出售的不是年轻、美貌，而是傻气和粗丑，所以一遇到这类有钱的异色人种，就有些不很自在的倾向。不过，我反而感到劲头十足。

女人和我相向而坐。四目一旦交汇，露出蒙着轻雾般的微笑。我也回报以微笑。不过，这瞬间里身体飘飘然的感觉令人难忘。百合立即注意到了，她摁着我的膝头说道：

"卖给她了？"

"算了，对方是个老婆子。"

"可以大赚一把，给我买辆跑车吧。"

在这类登摩店里，顾客之间很容易交朋友。女人请我喝酒，我们三人说了好多话。那女人很健谈，她说丈夫是个醋罐子，她一个人来这种店里玩，要是被他知道了，真不知会如何遭殃呢。我联想到自己同百合的关系，女人如此想象男人的嫉妒，完全是出于自恋的缘故。

三个人混得烂熟，女人看透我和百合的关系不过是临时派对儿，便对百合说：

"你呀，与其到这种地方瞎串，不如去彩虹饭店的酒吧看看吧。那些老爷子们成群结队，专门寻找像你这般水灵的年轻姑娘。"

那女人提供了这样的情报。

问——当晚你和那女人立即发生关系了？

答——哎呀，别着急嘛。那女人开始时尽管滔滔不绝，但百合离开后只剩下和我两个人时，不知为何，她立即僵化，开始显现出一副不谙世故的样子。没想到她会变得如此坚守难攻，我一方面觉得人老珠黄还这么装模作样，一方面又对她泛起奇妙的兴趣。

女人穿着紫堇色西服，这身衣服倒显得格外合体。不过，这类打扮或许令人觉得下贱。况且，生涩的少女气和中年人的素朴，奇怪地搅和到了一起。要是单单突出一方特色倒还好办，但她却是一方强使另一方变得更加奇怪了。

再说，我们年轻人的世界，对于那些觍着老脸挤进来的成年人，不论是男是女，我们都具有难以抑制的感到轻蔑的权利。女人爱时时向我投以媚眼，而我却把她当作一只乞食的狗，只觉得恶心。

我想让她表现得更大方些，可她即便什么也不做也会显出像个罪犯似的坐立不安。看到她如此过分的恐惧，我又泛起个念头，想故意折磨她一下。

不管怎么浓妆艳抹，小巧的鼻翼和耳轮上，总是透露出女人青春不再的衰败之相来。声音甜美而与年龄已不相称，听起来总觉得有些拿腔作态。不过，我也并非不喜欢如此花了大钱、打扮得金光耀眼的丑态。我去跳舞，她噘起嘴唇，那副具有说不出的风仪和文雅的唇型，充满了我所全然不晓的那类年长女子的威严。我想，她若满头白发，完全不化妆，我会更加爱她。

“这时候要是被丈夫看到了就糟啦。”

她坐在夜总会的圆桌前，一边神经质地打量着周围的客人，一边附在我的耳旁说。

“怎么，你不是到‘Funky’物色男人的吗？”

“你这么一说，我还有什么话呢，不过……”

“那么说，你很爱你的丈夫吗？”

“我不爱，我怕他。”

“好啊，那倒挺刺激哩。”

我给她来了句俏皮话，感到很痛快。

当晚，只是接了吻。女子接吻时的反应，颇令我销魂。那种仅限于处女的初吻才会有的惊天动地的神态，那番不能不令人怀疑的夸张的演技，果真能使她感到其乐无穷吗？我多少有些腻烦。临走时，她向我手里塞了些零钱，又说下回在“Funky”见面。

问——给你多少零钱？

答——五千元。不小的金额，老实说，这是我有生以来第一次拿女人的钱。

问——当时你没有表示过不要吗？

答——我有意地稍稍犹豫了一下，那女子便说：“替你交学费了，收下吧。”

问——“交学费”，是什么意思？

答——那个，我不太清楚。

问——同女人第二次见面，又是怎么回事呢？

答——在回答这个问题之前，必须先说说我同百合的事。我同百合是第二天见面的。奇怪的是，两人的友谊当天就完全断绝了。

这是因为，关于两人前一天的事情，都不愿详细说明，几句话就含混过去了。我之所以说两人，是因为我很了解百合这个女子，她前一天晚上同我分手后，是决不甘心就此打道回府的。以往，我们两个无所不谈，眼下对于她的事，我将永远保持沉默，对谁也不说破。

问——那么，你同那个女人第二次见面到底是怎么回事呢？

答——那女人比从前越发消极了，也更加懂得如何吊我的胃口了。她动不动就不停嘀咕，说要是被丈夫知道就糟了，一旦走漏风声，肯定要被杀死的。

我知道，她这是为了刺激我而耍的手段，于是我不怀好意地对她说：

“你如果年轻二十岁，你先生也许会吃醋的。”

“我要是年轻二十岁，你猜是多大？”

“你自己数数看。”

我冷酷地撂下一句话，女人的眼神显得凄凉了。

女人身上穿戴华丽，搽的是我所不知道的高级香水。我注意到她那样子，有时似乎突然会想起别的事来。我和女子去逛夜间公园，钻入树荫，就像大多数情侣所做的那样，逢场作戏一番。女子像少女一样颤动着身子，当然，该做的都没有进行到底。

问——“当然”，是指的什么事？

答——就我来说，已经不想再深入了，如果女人不主动诱导的话……否则，说不定我会稍稍迷恋上她。

问——你明明知道年龄相差很大，依旧对她那么执着吗？还不是为了钱？

答——若说为了钱，不错，我一向积极主动地追求钱。我看到女子把脸藏在暗处才安心的样子，似乎感到有几分可怜。女人一旦在暗处，逐渐活跃起来，她像少女一样朗朗地笑着。听到她的笑声，很像十八岁。摸摸她的手，肌肤格外滑腻，或许是被草叶上的露水濡湿了的缘故吧。

我暗下决心，千万不可忘记女人的丑陋以及可怕的年龄。这种冷静的认识是和一种陶醉连在一起的，那种感觉近似欣赏 cool jazz[①]。我心中对她保持着轻蔑。这个女子害怕现实，要是那样，我就把她所害怕的现实紧紧握在手里交给她。

问——你的回答太抽象了，和我们要求的不一样，回答得更具体一些……后来，你同那女子继续一进一退地交往下去，每次都拿了她的钱吗？

答——是的。

问——女子还是经常说，要是让丈夫知道就糟了之类的话吗？

答——是的。有时走在大街上，她突然惊恐地瞪大眼睛，说看到丈夫在某个角落正盯着她。她还说："我怕见阳光，不是为了隐藏年龄，而是因为太阳就像丈夫的眼睛。"她说的太滑稽了，我拍拍她屁股，女人愣了一会儿，含着眼泪说道："谢谢你。"

要是真的对那女子很蔑视，我早就强使她跟我一块儿睡觉了。

问——不过，最后还是拿到了你同那女子发生关系的确证。你是怎样一步步引她就范的呢？

答——那天晚上，我突然有了一种奇怪的欲望，实在忍不住了，就邀那女子到旅馆去。既然邀她来，如果今夜不玩她一把，我的自尊心也不答应。可是，那女人颇为沮丧，她恳求我再等上一天。她说，要是住在城中的旅馆里，丈夫肯定能嗅到，她会找个安全可靠的地方，所以还是等到明天晚上吧。

问——那么，你就等下去了？

答——我的轻蔑使我等下去了。

---

① 清凉爵士乐。

问——后来呢？

答——第二天半夜里，女人打扮得比平时更加花枝招展，她亲自驾着红色的MG[①]轿车来了。在这之前，我不曾想象过她会开车。有这么舒心的轿车坐，我高兴地乘了上去。

“是我熟人的房子，在稍远些的郊外，但谁也不知道那个地方。我这就带你去。朋友说了，那个家一切都交给我了，所以不管出了什么事，都不能惊慌失措。”

女人提醒着说，车子沿着深夜的大街一个劲儿向前飞奔。穿过多摩川，渡过大桥，进入房屋稀疏的道路。月光下的果树园，暗影凄迷。

问——女人实际上是把你带到她自己家中去了。

答——可不是吗，不过，我这个傻瓜直到早晨都没有觉察出来。到了家，女人找出蜡烛，点上火，进入晦暗的玄关大厅，登上楼梯。

不是没有电灯，是故意营造氛围。我心里感到十分滑稽，但也暴露了女子怕光的心情。不久，我被她领到楼上一间宽大房屋的一个角落。露台的法式窗户垂着窗帘，只有一些朦胧的光线照射进来。屋内到处黑压压摆满了庞大而古老的家具，分割成条条块块，内里什么也看不见。

沿着墙壁放着一张长沙发，上面躺着两个人。当时，我似乎听到遥远而低微的切切私语声，以及女人非哭非笑不住嘀咕的声息。

“不必介意。”

---

① Morris Garages的缩写，通常译作“名爵”，英国产名牌轿车。

听女人这么一说，我也就不在乎了。其实，我在啤酒里掺进大量海米那[1]喝了，心里很踏实，感觉对任何事都能应付自如了。

女人在暗处脱光衣服，仿佛受惊似的扑向我。她那样子并不是因为害怕，而是可怖的认真的喜悦之情。对于年轻姑娘，我很了解。大多数女孩子，出于微妙的虚荣心，能控制自己的喜悦，将自己的喜悦藏在心间，暗暗算计着，猫儿一般一点儿一点儿将喜悦表现出来。她们善于将肉的语言，全都翻译成蹩脚的精神语言，不择场合地吐露些罗曼蒂克的话，把我彻底迷倒。

然而，这位四十岁女子，是我以往见过的人中堪称一流的女子。她躲在暗处，犹如夏夜天上的银河，放射着乳白色朦胧的光芒，融贯一切。而且，在她发出啜泣声的当儿，几次疯狂地捧起我的脸，在认清我的面孔所在之后，好容易用似能听懂又好像听不懂的声音喃喃地念叨着：

“阿良。”

也许吃了安眠药的缘故，我对这类事不放在心里，随即越发剧烈地爱抚着女人。那女人五次六次似乎呼唤着男人的名字，而且，要确认这个名字似的确认着我的肌肤。

我一点儿也不在意。在快乐之中，在抽象的欣喜之中，对世界全然漠不关心。我连自己也都毫不放在心上。在这一刹那，即便氢弹爆炸，我也将无动于衷，只管用足尖儿抚弄着她。

……恍惚之间，我睡着了。

问——就这样到了早晨。

---

① Hyminal，一种催眠剂，又叫安眠酮、眠可欣。

答——说是早晨，醒来时房间里还有点儿暗。

问——醒来后你最初看到了什么？

答——我根本不想看什么，在黎明的冷气中，我清楚感到那女人已不在我身旁。我茫然地站起来，发现家具对面，横躺着个白色的东西，像是女人。我放轻脚步悄悄走过去，一面小心翼翼不碰坏各种古董；一面向那边靠近。虽然没有看清睡脸，我就立即认定是百合。“百合！”我小声呼叫着，摇了摇她。

问——百合很快醒了吗？

答——嗯。那女孩睡觉时很容易叫醒。

“你怎么在这儿？”

她睁大眼睛，死死盯着我，问道。

“那你怎么在这儿？”

“昨天我被一个男人领到这里来，他是我上个月在彩虹旅馆结识的老爷子。”

“是吗？我懂啦，咱们成了人家的工具啦，畜牲！有这样耍弄人的吗？”

“我知道了。”

百合是个头脑聪敏的女孩子，她一点儿也不慌张，坐在房间对面的沙发上，那地方是先前我睡的沙发的正对面。她呆呆地抚弄着头发梢儿，咬在嘴里。然后将脸转向窗外，暗示我注意向那里看。

问——当时，你从法式窗户外头的露台上看到了什么？

答——看到一对抱合在一起的夫妻。他们是地地道道的夫妻，是这个世界独一无二的一夫一妻制的典型。我们被他们欺骗，当工具使唤。

问——那么，后来呢？

答——我一直看着。他们陶醉在接吻里了。

问——持续了多长时间？

答——五分钟……十分钟，似乎还要长些。

问——你看着他们的时候，是一种怎样的感情？愤怒，还是怨恨？

答——不。

问——但是，感情逐渐昂奋，你的手突然碰到口袋，发现装着一把弹簧刀。你不由握在手里，抡起了利刃。你发怒了，对吧？你能说这是冷静吗？然后你迅速奔向露台，首先刺向女子，接着刺向她的丈夫。你犯下了罪行，这是毫无疑问的。不过，你们被利用了，当成了工具。你们还太年轻，若是稀里糊涂地发怒，多少还有些酌情量刑的余地。你们怎么不这样说呢？

答——不可这么说。因为不是一般的发怒。

问——不是一般发怒，又是属于哪种发怒呢？

答——叫什么好呢？要是赞美和发怒搅在一起，该叫什么好啊？愤怒中掺和着喜悦和憧憬，应该起个什么名字呢？

看到这对恶劣夫妇——不健全、非人性的夫妇的长吻，我渐渐感到“上当了”。我不光是受欺骗、被利用后的那种愤怒；还有一种失败感，就像水牢里的水一般涌上我心头。

为什么呢？因为那时候我就是这样的感觉：我们是冒牌货，他们倒成了正品。比起他们来，我们或许只是个影子，凭借廉价的青春，活该被这样一些人任意驱使。

好奇怪呀，他们进行长吻的当儿，随着慢慢明丽的晨光，两人渐渐发生了变化。那个老婆娘和老爷子确实变得比年轻漂亮的情侣还要更加年轻漂亮了。

我耳朵里满是鸡叫。在那不祥之鸟的鸣声里，他们变得宛若即将破碎时那瞬间的脆弱的瓷像一样美丽，在曙光的辉耀下，化作一派玫瑰红。我以前从未见过那样美好而纯净的接吻，今后再也不可能第二次见到了。

我举起刀子向他们扑去。

问——为什么？

答——他们太美了，是正品……就为这个，就为这个。此外，再没有任何别的杀害他们的理由了。

图书在版编目（CIP）数据

女神 /（日）三岛由纪夫著；陈德文译 .—上海：
上海译文出版社，2017.8（2024.8 重印）
（三岛由纪夫作品系列）
ISBN 978-7-5327-7484-5

Ⅰ. ①女… Ⅱ. ①三… ②陈… Ⅲ. ①长篇小说－日
本－现代 Ⅳ. ①I313.45

中国版本图书馆 CIP 数据核字（2017）第 105753 号

图字：09-2015-196 号

女神	［日］三岛由纪夫　著	出版统筹　赵武平
		责任编辑　刘　玮
女神	陈德文　译	装帧设计　柴昊洲

上海译文出版社有限公司出版、发行
网址：www.yiwen.com.cn
201101　上海市闵行区号景路 159 弄 B 座
上海新华印刷有限公司印刷

开本 890×1240　1/32　印张 7.75　插页 2　字数 107,000
2017 年 8 月第 1 版　2024 年 8 月第 4 次印刷

ISBN 978-7-5327-7484-5/I·4569
定价：43.00 元